DETAILS
of
WRITING

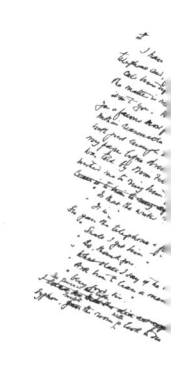

写作的细节

张佳玮———著

西苑出版社
XIYUAN PUBLISHING HOUSE
中国·北京

Copyright ©2024 XIYUAN PUBLISHING HOUSE CO.,LTD.,CHINA
本作品一切中文权利归 西苑出版社有限公司 所有，未经合法许可，严禁任何方式使用。

图书在版编目（CIP）数据

写作的细节 / 张佳玮著. -- 北京：西苑出版社有限公司, 2025. 2. -- ISBN 978-7-5151-1020-2

Ⅰ. I04

中国国家版本馆CIP数据核字第2024FA6153号

写作的细节

作　　者	张佳玮
责任编辑	王寅生
责任校对	岳　伟
责任印制	李仕杰
开　　本	880毫米×1230毫米　1/32
印　　张	6.25
字　　数	114千字
版　　次	2025年2月第1版
印　　次	2025年2月第1次印刷
印　　刷	三河市嘉科万达彩色印刷有限公司
书　　号	ISBN 978-7-5151-1020-2
定　　价	42.00元

出版发行	西苑出版社有限公司 北京市朝阳区利泽东二路3号　邮编：100102
发 行 部	(010) 84254364
编 辑 部	(010) 64391966
总 编 室	(010) 88636419
电子邮箱	xiyuanpub@163.com
法律顾问	北京植德律师事务所　17600603461

目 录

- 001　读书与写作
- 005　口语与写作
- 014　规范与从心所欲
- 020　口语与书面语
- 031　画面感的诀窍：名词
- 036　画面感的诀窍：形容词
- 043　画面感的诀窍：动词
- 061　画面感的诀窍：比喻
- 066　成语
- 068　从模仿开始
- 073　王小波所谓的韵律
- 083　语调与翻译腔
- 089　巴别尔的简洁与华丽

098	最钟爱的主题
104	每个人都在写自传
110	前期的绚烂与后期的平淡
116	洞察力
128	戏谑与嘲讽
142	如何讲好一个轻盈的故事
155	跟海明威学"工作"
170	克服"写作拖延症"
175	作为一个业余作者
185	个人喜欢的短篇作品

191	参考书目

1 读书与写作

在这个信息时代，我们还要不要读书呢？或者说还要不要写作呢？

身为一个喜欢读书，自己也写过些书的人，虽然这么说未免主观，但我还是想谨慎地说——不提历史上书的作用，不提各类口号，比如书籍是人类进步的阶梯啦，腹有诗书气自华啦——回归现实，脚踏实地地陈述，大概是：

在人类可以直接脑后插管传输信息之前，书，依然是人类相对最有效率且可靠的交流途径；文字写作，作为语言交流的符号化版本，依然是最有效率、最可靠的信息传递方式。

这里所说的书，不局限于纸书；写作也不局限于纸面写作。

书，包括但不限于纸书、竹简、电子书，总归是文字和图像（也可以是音频，比如朗读电子书）的符号集合，用符号来传达信息。写作这件事，是以文字或其他语言为砖，慢慢砌起一座建筑，短到一句话，长到一本书，是对语言交流的模仿与凝缩。

历史上已有的书，大可分为非虚构与虚构。读非虚构的书，让您获取知识，有利于在现实生活中提升技能，完善自我，改善生活（物质或精神）水平；读虚构的书，让您获得精神娱乐。当然了，今时今日，人类获取知识或精神娱乐的方式，又不止读书。人也可以靠观摩日常生活、观看纪录片等方式，归纳总结知识；也可以从听音乐、看电影、打游戏等无数方式中，进入有别于现实世界的虚拟世界，获得精神娱乐。如果从感官角度讲，音画字并存的纪录片，比配图的书籍更直观。甚至，配图文字都比单纯的文字更具有指导意义。

从长远来看，单纯的文字书，会慢慢被图文形式的书，继而被图文音合一的各色便携阅读器（也许还能被冠以书的称呼）所取代。从人类历史来看，人类精神产物的发展趋势，本也是日益大众、日益多媒体、日益多感官的，比如口头文学、纸面文学、广播、电影电视等。

只是在现阶段，由于人类的习惯使然，图文形式为主的书籍（包括电子书），依然是人类最方便的获取知识的工具。反而是娱乐方面，其实书已经慢慢让步于更多媒体化的媒介，比如电影与游戏。

但书还是有优势：书，或者其他文字符号语言类集合，好处之一便是轻便、易携带；比起视频，书可以相对自如地调节阅读速度。由于书籍的悠久历史,使图书出版和制作行业云集了一大批专业人员,掌握了行之有效的技能,以制作出色的图文产品。

最关键的依然是:如上所述,书是图文符号的集合,而符号,本来就是高度浓缩化的高效率。读书是进入符号的世界,就像听音乐是进入音乐的世界,看电影是进入影像的世界。

现阶段影像世界的脚本,比如电影剧本、游戏脚本、纪录片素材,还是要归于文字。音乐的谱子,也还是符号的集合。

信息模式包罗万象,万千形式的呈现,终究,暂时,还是要归于写作。

所以要不要读书?这是个很个人的事儿——自己看着办。

读书与不读书的区别,其实也没必要说得那么玄乎。不读书的人,如果每天看科教纪录片,也可能获得足够卓越的知识;读书的人,如果每天只看幼儿连环画,那他的知识也高不到哪里去。许多老说法,比如书籍是人类进步的阶梯,说白了无非是指书能通过符号让人摄取信息多学习;所谓书是人类的好朋友,也无非是说人可以依靠书提供的虚拟世界获得满足,减少社交需求。

但在人类可以脑后插管、脑内装芯片之前,不妨这么说:习惯且喜欢读书的人,相对而言,会比不习惯且不喜欢读书的人多一种获取知识的方式,多一种提高生存技能的途径,可以享受更低的学习成本,更丰富一点的精神娱乐。

以及,如前面提到的,通过读书获取信息效率会更高一点,毕竟暂时还是很难找出比读书（图文符号集合）更高效的汲取知识、传递信息的方式。

而且，也往往更善于语言或书面表达，毕竟人总还得靠写或述说来交流与传达。

2 口语与写作

绝大多数好作者,都是好读者。

阅读和写作,可以相辅相成,但也有区别。

不妨试一试:打开手机,找到任何一个语音输入转化为文字的工具,开始将你对某事物想说的话,或你想说的故事,口述一遍。等这些语音转化为文字后,自己读一遍。您大概会意外地发现,这些文字比你印象里更散乱、更"黏糊"、更琐碎。

"我觉得自己讲得挺清楚的呀!怎么变成文字,就这个鬼样子呢?"

输出并不难。每个人张嘴说话,都是用口语输出。

一个人如果觉得写作困难,可能是因为说话和写作很是不同。

——说话时,人会情不自禁地加许多"嗯啊嗨是"的口头语。

——说话时,人的思绪更容易分散。

实际上,人的意识本身就容易流动,伍尔夫、乔伊斯和普鲁斯特当初写意识流小说，也是在还原人类思绪的特征：个体的经验与意识是统一的整体，意识的内容却流动不休。

许多人按口语习惯写字写多了，会自觉文笔不堪，进而越来越不敢写了。

如是，书面写作时，人必须使用与口语全然不同的语言（更书面、更规范），使用韵律与节奏，遵循一定的规律和线性，而不能过于发散。

所以书面写作和说话，也是完全不同的输出方式。不能总指望触类旁通，两者要精通，都还需要一点机械训练。

阅读既是摄入信息，也可以看作在摄入书面内容的节奏；持久的阅读，可能会让您的脑海里有许多现成的句式节奏。许多人读多了某人的书后，在之后的一段时间内写的东西也都那个味儿。

当然，读了之后最好还是得写：读书类似于进食，写作类似于做力量练习。只读不写，你吃的东西就囤积在你体内；只写不读，最后把自己熬干了而已。

读书类似于看运动员做动作，告诉你什么是正确的，什么是美的。你看熟了，也知道该怎么做了，但自己真的一举手一抬足，是否能恰到好处地把握住尺寸和细节，是另一回事，得自己反复练习，才做得到。

那么，怎么阅读呢？

先得为阅读祛魅：若非生计所迫，这世上其实并没有非读不可的书。如果是自己确实不了解的，那强读也容易事倍功半。所以，读书永远应该随着自己的兴趣，或者与自己知识框架相契合。

如果读不进去确实是因为缺少相关知识，但又实在对该行当有兴趣，有足够的热情，那不妨考虑这么做：可以从该行业的入门读物看起，挑选自己读得下去的读本。慢慢来。

有些内行人士会看不起入门科普读物，但您不必在意这个：没有金刚钻，别揽瓷器活儿。人该量力而行，读自己能读得进去的文本。久不锻炼的身体，上来就跑马拉松，那真的会死人。承认这个不丢人。慢慢来就是了。

许多东西是有入门门槛的，别对这个抱有敌意。

但也不必走另一个极端：许多人都觉得，书应该写到老妪能解才叫好。但世界发展到如今，多少学人发展了多少代的知识，如果还是能让任何门外汉抬眼就能全盘理解，那就太侮辱人家的努力了。

那些"几分钟让您了解什么什么"的，大多也就是某个学科的入门概括，能够引发个兴趣，有个大概念，了不起再介绍下知识结构。

知之为知之，从打基础的概念看起；不要求快贪多；基本概念看熟了，之后自然一日千里。

如果您是小学二年级的中文水平，那么看《西游记》都会磕磕绊绊；但到小学毕业，自然就看得"乘风破浪"了——连读小说都是需要基础知识的,不用太急。

我有个取巧的法子:比如读学术方面的译著,我推荐您先读序言和后记。通常一本书的序言是作者的心得,可做扫盲用途;后记则是作者或译者的心得,方便总结。

如果一本学术书本身就有点枯燥,那么译者多半是个充满激情、富含学问的人,译完了,一定还会在后记里大谈心得。依靠这个来理解书籍,那就事半功倍了。比如管震湖先生译《巴黎圣母院》,后记可当作法国浪漫主义小史来读;比如傅雷先生翻译《贝多芬传》,后记还附带他个人对贝多芬的作品分析。那就真的是看到赚到了。

后记之外,也可以读年表和用语注释,剑桥历史系列多用此手法。扫盲和读完年表后再读正文,就很容易了。毕竟许多文献作者都默认:"你们是有常识的,我就不一一停下来解释了。"

开始读一本书时,不妨读慢一点。

我知道这听着有些怪,但大家上学时,想必有类似的经验:一门课总是不会,复习也复习不进去。

为什么?明明教科书写得明明白白呀。

因为读急了,许多东西没弄明白,就囫囵吞枣过去了,猪八戒吃人参果,没尝出滋味;之后撞进一片用大量术语写成的汪洋大海里,大感眩晕。

这就是读急了。

教科书级别的书，界面不会太生硬，循序渐进，总会懂的。读书的前言，读书的后记，一一读下来，概念弄清了就好了。

也有人会好奇：看书会随看随忘怎么办？很正常。

过目不忘乃是传说中的技能，大多数人做不到。

想记住点什么，最好的法子是：就这话题写篇文章，或者转述给朋友听。

写过论文，而且答辩过的诸位都明白的：你被迫收集大量信息，反复研读，最后理出框架，自己写完后，这些东西也就记住了。

那为什么口述也有用？因为写作毕竟是书面语，可能你写完了都不过脑；许多同学写完论文之后一两年，回头一看，都认不出自己写的东西了。

口述则得将那些话语，转化为日常语言。转化的过程中，你也就记住了。

以及，就某个领域读完一本书后，可以读同领域的另一本，且最好选角度完全不同的读本来，锦上添花。

许多人大概都有类似经验吧：

读一本书，反复思索，隐约有些心得；但偶尔看其他名家的笔记评述，发现"还可以从这个角度来思考啊"，忽然间豁然开朗了。还能就此意识到，认识事物，不止有一个角度。从更宽广的视角去看待，这其实是最好的"深度挖掘"方式。

阅读的宽度，很大程度上，会提升你的深度。

读一本书，好比看一个人的证件照。多看几本，好比立体地看一个人，360 度无死角地看了。

且已看过的书，已建立起来的知识结构，也可以多角度地映衬。只读一本书，而且确信无疑，就很容易走进死胡同。多读几本，来回映衬，就会有更深的心得。

最后，如果一本书还是读不下去怎么办？那就……直接不读吧。

许多人读不下去一本书，会把问题归咎于自身，觉得自己没耐心，觉得自己没学问。但如上所述，一本书和一个人，得讲投缘。已有的知识结构、对这个题材的兴趣，都会影响读书的进度。

当这些都解决后，读不下去还有一个可能：这本书本来就写得不完美。

也不奇怪，写得处处完美、从头到尾都让人读得开心的书，并不那么多。我自己读完一本书的动力，往往在于"挑出好的段落，以后可以重读"。毕竟卡尔维诺[1]认为，经典的好处，就在于经得起重读。

比如，我经常回去重读下面这些：

---

[1] 卡尔维诺（1923—1985），意大利作家，代表作品有《分成两半的子爵》《树上的男爵》《不存在的骑士》等。

《悲惨世界》[1]:现在还时不时会回去看滑铁卢章节,尤其康布罗纳那段;

《战争与和平》[2]:现在还时不时会回去看看三王会战;

《西方正典》[3]:看看写莎士比亚的那些段落;

《史记》[4]:回去看看项羽、高祖本纪,看看某几篇列传,反而各国世家只有看年表时才乐意去看看;

《倚天屠龙记》[5]:看排难解纷当六强;

《舞!舞!舞!》[6]:看主角和雪及五反田聊天那些段落;

《霍乱时期的爱情》[7]:看个开头和结尾;

《围城》[8]:看看主角团去三闾大学一路的故事;

《受戒》[9]:看到人物介绍完毕,就心满意足地合上书了;

....

[1]《悲惨世界》,长篇小说,法国作家维克多·雨果(1802—1885)的代表作品。

[2]《战争与和平》,长篇小说,俄国作家列夫·托尔斯泰(1828—1910)的代表作品。

[3]《西方正典》,美国文学理论家、作家哈罗德·布鲁姆(1930—2019)的代表作品。

[4]《史记》,作者司马迁,西汉史学家、文学家。《史记》是我国历史上第一部纪传体通史,全书分为十二本纪、十表、八书、三十世家、七十列传,共一百三十篇。

[5]《倚天屠龙记》是"射雕三部曲"的第三部,作者金庸(1924—2018)。

[6]《舞!舞!舞!》,日本作家村上春树(1949—)的长篇小说。

[7]《霍乱时期的爱情》,长篇小说,哥伦比亚作家加西亚·马尔克斯(1927—2014)的代表作品。

[8]《围城》,长篇小说,作者钱锺书(1910—1998)。

[9]《受戒》,短篇小说,作者汪曾祺(1920—1997)。

《檀香刑》[1]:只看赵甲、孙丙和钱丁的部分;

《艺术哲学》[2]:只看希腊篇——意大利篇太多名字和无关八卦了,看一遍脑仁疼;

《西洋世界军事史》[3]:第三卷重读的次数不到第一二卷的三分之一。

诸如此类。有类似经验的诸位,一定心有灵犀吧?挑自己喜欢的来回看,剩下的就算了!就像吃菜时可以只挑自己喜欢的吃,看电影可以挑熟悉的段落看。看完一本书的好处就是可以高高兴兴地挑自己喜欢的段落重温。

放轻松就好了。

读多了,就可以开始写了。

孙莘老[4]曾去问欧阳修[5]:怎么才能写好文章?

欧阳修说:没别的法子,就是多读书多写,自然就好了。

欧阳修顺便吐槽说:世人写得少,又懒得读书,还指望每写一篇就比别人好,如此当然没啥指望。

---

[1]《檀香刑》,长篇小说,作者莫言(1955—)。

[2]《艺术哲学》,艺术史通论,作者丹纳(1828—1893),法国史学家、文学评论家。

[3]《西洋世界军事史》,共三卷,作者 J. F. C. 富勒(1878—1966),英国军事理论家。

[4] 孙觉(1028—1090),字莘老,北宋文学家、词人。

[5] 欧阳修(1007—1072),字永叔,号醉翁、六一居士,唐宋八大家之一。

"无它术,唯勤读书而多为之,自工。世人患作文字少,又懒读书,每一篇出,即求过人,如此少有至者。疵病不必待人指擿,多作自能见之。"

这话记在苏轼的《东坡志林》[1]里,这是史上最擅长写作的两大巨子——苏轼和欧阳修都认可的专业意见。

---

[1] 苏轼(1037—1101),字子瞻,号东坡居士。《东坡志林》是苏轼的随笔集。

3　规范与从心所欲

2024年年初的一个趣事：我在重庆，遇到一个远亲的孩子，读重庆八中，说他刚结束了语文期末考试，其中的阅读理解，考到了我的文章《乘风凉》。

据说老师出的最后一个题目是："作者在本文中含蓄地怀念了外婆，如果你是作者，你会在本文结尾对外婆说什么？"

孩子问我："所以您会说什么？"

我："……还是语文老师说了算吧……"

也有读者告诉过我：好像北京石景山高中的高考模拟卷、长沙雅礼中学的考试卷之类，都用过我的文章。他们还把试题告诉了我。诸位出卷老师的阅读力和理解力我很是佩服，不但读出了许多我写作时的想法，还读出了一些我没想到的念头，甚至出题来考学生……

当然从作品解读角度讲，这也没问题。

一个作品被创作出来后，就不属于作者了。老师们爱怎么解读，我也无法干涉。

纳博科夫[1]在康奈尔讲课时曾说过一个论调：许多时候，作者写作的某个细节也许只存在于其潜意识中，自己都未必知道，但读者却能够从中提炼出作者自己当时没意识到的意图；这时，作者就未必掌握发言权了，因为在写作过程中，人的念头也起灭无常、稍纵即逝；许多技巧运用或想法也许是无意识的，但也可能是作者无意的内心写照。

我遇到过一个读者，能够把我某篇文章的某个段落倒背如流——我自己都做不到。他还就此提出了一个问题："您当时写这个时，是不是想到了×××？"我愣了愣，回想起来，确实如此——的确有可能，是连我自己都没意识到的。

当然了，考场作文确实考不出真才华——不是我说的，韩愈[2]说的。韩愈这种继往开来、博古通今的大文豪，很多文章都是流传后世的经典了，但他老人家当年考场里出来，过了些时候，回头再读自己的考场作文，甚为羞臊：

---

[1] 弗拉基米尔·纳博科夫（1899—1977），美国杰出的小说家和文体家，代表作品有《洛丽塔》等。

[2] 韩愈（768—824），字退之，唐宋八大家之一。

"颜忸怩而心不宁者数月"。[1]

他思考的结论是：考场作文这体例太没劲了，这是考试制度的问题。还特意搬出司马迁、孟夫子[2]、司马相如[3]、扬雄[4]、屈原这些心中偶像感叹道：这五位如果蒙了名字去参加考试，估计也要吃亏吧。

既然韩愈都觉得考不出才华，那何以还要考作文呢？

为了相对的一点点公平。唐朝有过一段传奇：王维[5]年少时要去应试，听说公主内定了一位名叫张九皋[6]的做头名，于是打通关系，酒席间给公主弹了首《郁轮袍》[7]琴曲，再献诗文，公主心醉，当场就点了他。

这故事听来浪漫，但如果搁到现在，势必让人冷汗直冒：王维有门路与琴艺，见得到公主，而且他的天才，中了也是合情合理，我们都服气。

---

[1] 语出韩愈《答崔立之书》。

[2] 孟夫子即唐朝著名诗人孟浩然（689—740）。

[3] 司马相如（公元前179—公元前118），字长卿，西汉辞赋家。

[4] 扬雄（公元前58—18），字子云，西汉末年杰出的思想家、文学家、语言学家。

[5] 王维（701—761），字摩诘，号摩诘居士，唐朝著名诗人、画家。

[6] 张九皋（690—755），唐朝大臣，张九龄之弟。

[7] 《郁轮袍》，曲名，相传为王维所作。

那其他见不到公主的"王维"呢?

如果真的考才华考修养,考琴棋书画,普通人家的孩子,是比得过王羲之、王徽之这代代相传的书法,还是比得过谢朓、谢灵运[1]这一门的好诗?

如果考其他没法量化、完全看主观意愿的门类,普通人家的孩子怎么办?

所以考试说是甄选才能,其实是设了条线,将许多人出生时就自带的不平等,尽量拉平。

阅读理解的答案很模式化,甚至连作者自己都不一定答得对。但却可以让普通人家的孩子,不用去跟世代诗家的谢家后裔比写诗,不用去跟世代书家的王家孩子比书法,也尽量杜绝了公主听一曲琴,就点了王维的可能性。

基础语文教育及考试,还是有其意义的。

文艺评论当然没有标准答案,但语文教学与考试,并非宽泛自如的审美训练,而是为了考验学生阅读与写作的基本技巧:遣词造句、辨析语义,等等——有点像竞技运动中的规定动作训练与考核。

考试时拿出来的范文或考试文,不一定是什么好文章,但很

---

[1] 谢灵运(385—433),名公义,字灵运,山水诗派开创者。谢朓(464—499)与谢灵运同族。

符合技巧规范。

用体育举例，好比是找一场比赛录像带，让你做球赛技术分析，针对某几个规定动作提问：他当时为什么要选择这种投篮方式？他当时为什么要选择这样传球？

其实可能当事人自己都没想那么多，而是瞬间反应；实际上，大多数熟极而流的工作都来自瞬间的反应，而不是深思熟虑。

一个运动员做动作时多半来不及细想，只是恰好做出了规范的动作，恰好适合用来做范本描述而已。我被老师拿去当语文阅读理解的文章段落，就像球员的某个动作一样，是录像里拿来做分解示范的版本。

大概，被选去当阅读理解的文章，也只是教学用具。所以有读者告诉我，我有文章被拿去出题了，我自觉文章的作用也就是生物实验室里泡在福尔马林里的肢体。既然当了教学用具，那作者本人，比如我的意见，相对就没那么重要：我的文本可以作为范例，来考验学生的规定动作，也就行了。所以我也觉得，老师们既然觉得我有中规中矩的文章适合做教具，我自己也没啥意见——不就是让孩子们比画比画练练手吗？福尔马林里的肢体都没说啥呢，我就更没啥好说的了。

大概，语文教学与考试，首要也是在教导你熟练了各色规定动作后，才能融会贯通，各行各业都如此。

这种规范的文字，当然谈不上惊才绝艳，但却是有意义的。

有运动习惯的，或者某项球类运动的球迷自然明白，再天纵奇才的运动员，最后还是要靠最扎实的基本功过日子。先能传达意思，然后才说得上文采。

日本茶道有一段逸话：茶圣千利休[1]点茶时行云流水，随心所欲，但他的弟子古田织部教弟子时，却对弟子的一举一动要求得极刻板，弟子以千利休为例时，古田回答了段话，大意是利休的技艺已经到了浑然天成的地步，所以举手投足都自然合乎规范，而且美丽典雅，弟子们还没那么厚的基础，所以就得从基础做起。

以运动为例：一个球员基本功扎实到极限时，才能将各类花里胡哨的技艺信手拈来。华彩段落该是技巧的满溢，而非刻意的炫示。

写作亦然。

---

[1] 千利休（1522—1591），日本人，出身商人家庭，热衷茶道。

4　口语与书面语

如前所述，语言表达多是口语，更少修辞技巧，更多直白描绘，会更有语音回环往复的感染力。说得也更直白易懂。缺点是，自己试过就知道：除非是脑子里从头到尾想得极清楚，否则语音写作，很难保持逻辑通畅与文字韵律，极易松散。

那些带有复杂叙事思辨的长篇文本，则是另一回事：普通键盘或笔写作则反之。所写内容可以随时回溯修改，故能写较长的句子，更书面化，更有全局把握的感觉。所以书面写作，更适合复杂叙事思辨的长文本。当然咯，相对于语音写作，书面写作也容易陷入干巴巴，读起来意思乱糟糟，俗称不说人话。读者读起来，感染力恐怕也会稍微差一点。

大概，口语化的浅白与感染力，书面化的清晰与简洁，各有所长。

马三立[1]先生用嘴说的单口相声,字句是:

两块钱一瓶香油,多便宜,这么大大瓶子。一斤香油,两块,你买不买?打盖儿闻闻,喷香,买吧,买就上当。就这瓶子口这儿,你闻,就这儿是香油,底下是茶水!下边都是茶水,它一个色儿。油轻啊,飘悠着,油在上边,你看不出来。合算,两块钱买一两,一两香油。这就骗人,这个东西有啊,不是没有啊。[2]

这是一个口头艺术作品;一个训练有素的作者,用语音写作,或者用口语化创作,大概容易带这样的风格。

同样是马三立,其亲手写下的《艺海飘萍录》字句是:

万人迷李德钖为人落拓不羁,颇有几分穷不怕的遗风。他嗜赌,经常输得身无分文,无钱吃饭,便把衣物送进当铺;没米下锅,也不见他犯愁,数九寒冬,常常单衣薄衫,蹲在墙角里晒太阳。

---

[1] 马三立(1914—2003),生于北京,著名相声表演艺术家。

[2] 节选自马三立单口相声《家传秘方》。

这是他的书面语写作,与他的口语作品相比,区别很明显。

大体上,就感染力、轻快和平易近人的程度而言,肯定是语音写作更胜一筹。

但在字句的深思熟虑与意思清楚方面,则是书面写作要好一点。

所以,不妨这么尝试:多读,然后多写。

写时,一句一句慢慢来。

写不了长句,就写短句。

不知道写什么时,用海明威[1]的说法,"写一句最真实的话"。

不要总想着写一句漂亮话。不要紧张,不要过多考虑读者会抛弃自己(这是库切[2]说陀思妥耶夫斯基[3]早期小说的毛病时说过的话)。

别想太多各种写作的规律。如果每写一句话都要瞻前顾后,就像戴着镣铐跳舞,最后出来的文字也难免畸形。

写了再说,哪怕写差了,写完再删。你要习惯这种流程和

---

[1] 海明威(1899—1961),美国作家,代表作品有《老人与海》《太阳照常升起》《永别了,武器》等。

[2] 库切(1940—),南非小说家,2003年获得诺贝尔文学奖。

[3] 陀思妥耶夫斯基(1821—1881),俄国作家,代表作品有《罪与罚》《卡拉马佐夫兄弟》《被侮辱与被损害的人》等。

节奏。

你的大脑和你的身体都要慢慢习惯写东西，把自己当成一架机器来训练。

当然了，当书面语写多了，自觉写得干巴巴时，也可以用看似口语的形式，来加强感染力——这种手法如果用得巧妙，甚至可以产生极佳的艺术效果。

王小波[1]盛赞的杜拉斯[2]《情人》开头，王道乾[3]先生翻译如下：

> 我已经老了，有一天，在一处公共场所的大厅里，有一个男人向我走来。他主动介绍自己，他对我说："我认识你，我永远记得你。那时候，你还很年轻，人人都说你美，现在，我是特为来告诉你，对我来说，我觉得现在你比年轻的时候更美，那时你是年轻女人，与你那时的面貌相比，我更爱你现在备受摧残的面容。"

---

[1] 王小波（1952—1997），中国当代作家，代表作品有《黄金时代》《白银时代》《青铜时代》《黑铁时代》等。

[2] 杜拉斯（1914—1996），法国作家，代表作品有《情人》《广岛之恋》等。

[3] 王道乾（1921—1993），中国当代法语文学翻译家，代表译作有《情人》等。

法语原文如下：

Un jour, j'étais âgée déjà, dans le hall d'un lieu public, un homme est venu vers moi. Il s'est fait connaître et il m'a dit: «Je vous connais depuis toujours. Tout le monde dit que vous étiez belle lorsque vous étiez jeune, je suis venu pour vous dire que pour moi je vous trouve plus belle maintenant que lorsque vous étiez jeune, j'aimais moins votre visage de jeune femme que celui que vous avez maintenant, dévasté.»

容我挑三句标点断句有明显改变的：

Je vous connais depuis toujours.

此处法语直译该是：我一直都认得你。
王先生译为：我认识你，我永远记得你。

Tout le monde dit que vous étiez belle lorsque vous étiez jeune.

此处法语直译该是：大家都说你年轻时美。

王先生译为：那时候，你还很年轻，人人都说你美。

然后便是这句：

> Je suis venu pour vous dire que pour moi je vous trouve plus belle maintenant que lorsque vous étiez jeune, j'aimais moins votre visage de jeune femme que celui que vous avez maintenant, dévasté.

如果直译，该是：我是来告诉你，对我而言你现在比年轻时美，我爱你年轻时的容颜反不及现在残破的面容。

王先生译为：现在，我是特为来告诉你，对我来说，我觉得现在你比年轻的时候更美，那时你是年轻女人，与你那时的面貌相比，我更爱你现在备受摧残的面容。

王先生译法的文气与节奏，您一定看出来了。有些地方，王先生是把从句断成了两句（比如 que 的几句），有些地方，则有意把长句划开来了。整体译法更细密周至，更口语化，更缓慢流长。

再来一个更直观的对比，比如这一段：

> L'histoire de ma vie n'existe pas. Ça n'existe pas.

Il n'y a jamais de centre. Pas de chemin, pas de ligne. Il y a de vastes endroits où l'on fait croire qu'il y avait quelqu'un, ce n'est pas vrai il n'y avait personne. L'histoire d'une toute petite partie de ma jeunesse je l'ai plus ou moins écrite déjà, enfin je veux dire, de quoi l'apercevoir, je parle de celle-ci justement, de celle de la traversée du fleuve. Ce que je fais ici est différent, et pareil. Avant, j'ai parlé des périodes claires, de celles qui étaient éclairées. Ici je parle des périodes cachées de cette même jeunesse, de certains enfouissements que j'aurais opérés sur certains faits, sur certains sentiments, sur certains événements.

颜保先生翻译为：

我的生命史并不存在，它不存在。从来没有一个中心，没有道路，没有方向。有些宽绰的余地使人想想其中有个什么人。但这并不真实，因为什么人也没有。我年轻时的一小部分历史已经多少写过一些了。今天我想说的是，我自己的所见所闻。现在我就谈这段，就谈渡河那段吧。我做的事是与众不同的，可大致又是相同的。过去我所谈的是一些明显的、众所周知的经历,现在我谈的则是同一个年轻时代的鲜为人知的阶段,被我隐藏在某些行动,某些感情,某些事件里的那个阶段。

王道乾先生翻译为:

我的生命的历史并不存在。那是不存在的,没有的。并没有什么中心。也没有什么道路,线索。只有某些广阔的场地、处所,人们总是要你相信在那些地方曾经有过怎样一个人,不,不是那样,什么人也没有。我青年时代的某一小段历史,我过去在书中或多或少曾经写到过,总之,我是想说,从那段历史我也隐约看到了这件事,在这里,我要讲的正是这样一段往事,就是关于渡河的那段故事。这里讲的有所不同,不过,也还是一样。以前我讲的是关于青年时代某些明确的、已经显示出来的时期。这里讲的是同一个青年时代一些还隐蔽着不曾外露的时期,这里讲的某些事实、感情、事件也许是我原先有意将之深深埋葬不愿让它表露于外的。

略微对比,便可明白,颜保先生的字句更书面化,还有成语呢:与众不同、众所周知、鲜为人知。

王道乾先生的译法,与先前那个著名开头一样,停顿更多,更加口语化，更像是杜拉斯在跟读者交谈。

这当然不是说口语化翻译就更好，但后一种翻译，更符合原文的风味。

读过《情人》的诸位自然记得，《情人》不是一个严格按时间顺序一一道来的小说。小说的结构，带着一种流淌的节奏。

但杜拉斯并非一向如此。

杜拉斯早年的风格，比如20世纪50年代写《抵挡太平洋的堤坝》时，叙述风格还偏客观冷峻。

到20世纪60年代，她写《副领事》时，就华丽起来了。那时她大量接触剧本和电影制作，用更多的电影化叙事方式写作，传统小说爱好者大概会觉得她的字句光影迷离。

大概到1984年《情人》时，杜拉斯找到了另一种风格。后来她描述这风格是所谓"l'écriture courante"——当前写作。

读过《情人》的诸位，一定都有印象，那部小说从喃喃自述"我已经老了"开始，回忆往昔情状，回忆自己的面貌；然后回溯自己十五岁半时的样子，以及湄公河渡轮；说自己当时的情况，说那里的季节；其间回环往复，不断插叙自己年轻时的样子、自己后来的生活，再回到自己十五岁半时的样子，再回到自己帽子的话题、照片的话题……

仿佛就是个老人，在絮絮叨叨地回忆，读着看似琐碎抒情，但不知不觉间，就将人引入那个语境了。看似是回忆，其实是一种小说技法。

我们不知不觉接受了这个故事,还会觉得这个故事一定程度上是真的,被感染了。

米雷尔·卡勒·格鲁贝尔说《情人》时,提到了一点:杜拉斯写这个小说的手法,让人以为这是自传,产生了现实主义幻觉。

是的,《情人》看似是回忆,其实是个小说,小说里这个喃喃自述的女人看似是作者自己,但依然是个小说人物,是虚构的。

而她看似真诚、没逻辑、想到哪儿说到哪儿的回环往复的絮叨,只是小说技法,是为了让我们产生"这是杜拉斯自传"的幻觉。

《情人》出版后三年,杜拉斯又出了《物质生活》。这本书最初全为口述,杜拉斯自称她想获得声音的效果:不是创作出来,而是由话语组成;不经修辞术操作,而是说给你听。

"是声音形成各种事物,形成欲望和情感。"

她说那本书并非小说,但写法与小说类似。

不妨说,《情人》也是这样,是用"话语与声音"创作的小说。

王小波自己后来说《情人》:

> 我认为这篇小说的每一个段落都经过精心的安排:第一次读时,你会感到极大的震撼;但再带着挑剔的眼光重读几

遍，就会发现没有一段的安排经不起推敲。从全书第一句"我已经老了"，给人带来无限的沧桑感开始，到结尾的一句"他说他爱她将一直爱到他死"，带来绝望的悲凉终，感情的变化都在准确的控制之下。叙事没有按时空的顺序展开，但有另一种逻辑作为线索，这种逻辑我把它叫做艺术——这种写法本身就是种无与伦比的创造。我对这件事很有把握，是因为我也这样写过：把小说的文件调入电脑，反复调动每一个段落，假如原来的小说足够好的话，逐渐就能找到这种线索；花上比写原稿多三到五倍的时间就能得到一篇新小说，比旧的好得没法比。

王小波敏锐地发现，《情人》看似想到哪儿说到哪儿，但其实段落安排得用心内藏。

逻辑由感情推动，而非时间顺序。

所以，口语化的、多停顿的、富有感染力的、给人自传叙述感的语调，可以是一种加强感染力，甚至协调文本结构的艺术特色。只是要用得恰当巧妙，就不太容易了。

5 画面感的诀窍：名词

写文章，大家都说，最好是鲜活逼真、惟妙惟肖、如在目前。所以，如何才能达到呢？

先用对名词。

我们都知道的元曲名句，马致远的《天净沙·秋思》：

> 枯藤老树昏鸦，小桥流水人家，古道西风瘦马。夕阳西下，断肠人在天涯。

真是明白如画，一幅画就在眼前了。

没有叙述，没有评论，就是十一个名词的物象陈列，画境就勾勒出来了。

中国古诗里，素来有此传统：物象陈列，勾勒画境。

前人评王维的诗，"诗中有画，画中有诗"，就因为他擅长这么写:"大漠孤烟直,长河落日圆。""明月松间照,清泉石上流。"没有多余的叙述和评论,精确描绘景象。

这是画面感速成方法之一:少议论,多用名词,把能够作为符号的意象陈列出来。

中国文学里,善用这种手法的大宗师之一是温庭筠[1]。仅看他最著名的这首《菩萨蛮》:

> 小山重叠金明灭,鬓云欲度香腮雪。懒起画蛾眉,弄妆梳洗迟。
>
> 照花前后镜,花面交相映。新帖绣罗襦,双双金鹧鸪。

从头到尾,都是绵密的意象陈列,颜色和图案的交叠,香艳自出;期间只一个"懒",一个"迟",情态自出。

并非只有中文作品如此。如阿根廷的博尔赫斯[2]、意大利的卡尔维诺和巴里科[3]等名家,都擅长陈列一些很符号化的意象。比如在博尔赫斯的《小径分岔的花园》里,写一个人要去一个英国

---

[1] 温庭筠、晚唐诗人,"花间派"重要词人。

[2] 博尔赫斯(1899—1986),阿根廷诗人、小说家,代表作品有《小径分岔的花园》《圣马丁札记》《老虎的金黄》等。

[3] 巴里科(1958—),意大利作家,代表作品有《海上钢琴师》《丝绸》等。

的中式花园里。博尔赫斯是这样写的:

> 我心想,一个人可以成为别人的仇敌,成为别人一个时期的仇敌,但不能成为一个地区、萤火虫、字句、花园、水流和风的仇敌。我这么想着,来到一扇生锈的大铁门前。从栏杆里,可以望见一条林荫道和一座凉亭似的建筑。我突然明白了两件事,第一件微不足道,第二件难以置信;乐声来自凉亭,是中国音乐。

为什么一个阿根廷人用西班牙语写作,却能写出一种中国的感觉?因为他用了萤火虫、花园、凉亭、林荫道这些很有中国意境的符号。

在《看不见的城市》中,卡尔维诺这么写忽必烈:

> 忽必烈汗嘴里叼着镶着琥珀嘴子的烟斗,胡须垂到紫晶项链上,脚趾在缎子拖鞋里紧张地弓起,连眼皮都不抬一下,听着马可·波罗的汇报。这些天,每到黄昏,总有一股淡淡的忧郁压在他的心头。
>
> ……
>
> 有时候,可汗会一时心情愉快,离开坐垫,在铺了地毯的小路上大步行走,靠在亭台栏杆上,用迷茫的目光环顾被

香柏树上的灯笼照亮的整座御花园。

一个意大利人，怎么写得出这种东方感？因为"琥珀嘴子的烟斗""缎子拖鞋""香柏树""花园"这些意象。巴里科在其名作《丝绸》里描写一个去日本的旅客时，也用了类似手法。

纳博科夫的小说《菲雅尔塔的春天》，开头是这样的：

> 菲雅尔塔的春天多云而且晦暗。一切都很沉闷：悬铃木的花斑树干，杜松灌木，栅栏，砾石。远远望去，房檐参差不齐的淡蓝色房屋，从山脊摇摇晃晃地爬铺上斜坡（一棵落羽杉指示着道路）；在这片水汽腾腾的远景里，朦胧的圣乔治山与它在绘画明信片上的样子相距得越发远了；自一九一〇年起，比方说吧，这些明信片（那些草帽，那些年轻的出租马车车夫）就一直在它们的旋转售卖支撑架上，以及在表面粗糙的一块块紫晶岩石和美妙的海贝壳壁炉台上，招徕着那些旅游者。空气中没有风而且温暖，隐隐约约有一种烧煳了的独特味道。海水中的盐分被雨水消溶了，海水比灰色还浅，是淡灰绿色的，它的波浪真是懒怠得不愿碎成泡沫。

这里用了花斑树干、棺木、栅栏、淡蓝色房屋、紫晶岩片、海贝壳壁炉——这都是意象陈列。说着说着，画面感就出来了。

与此同时，还有形容词：淡蓝色、朦胧的、淡灰绿、紫晶……这些词汇，都是描述感官（视觉、触觉、嗅觉等等）感受的。就是这些感官性，会唤起你的感触，让你有身临其境之感。

接下来得说形容词了。

6　画面感的诀窍：形容词

当需要画面感时，形容词也得优先为视觉服务。

比如在《金瓶梅》里，对潘金莲进门的描写，极富色彩感。

月娘在座上仔细观看，这妇人年纪不上二十五六，生的这样标致。但见：

眉似初春柳叶，常含着雨恨云愁；脸如三月桃花，暗带着风情月意。纤腰嫋娜，拘束的燕懒莺慵；檀口轻盈，勾引得峰狂蝶乱。玉貌妖娆花解语，芳容窈窕玉生香。

吴月娘从头看到脚，风流往下跑；从脚看到头，风流往上流。论风流，如水泥晶盘内走明珠；语态度，似红杏枝头笼晓日。

《红楼梦》里，凤姐儿第一次出场的描写，同样花色斑斓：

身上穿着缕金百蝶穿花大红洋缎窄裉袄，外罩五彩刻丝石青银鼠褂；下着翡翠撒花洋绉裙。一双丹凤三角眼，两弯柳叶吊梢眉，身量苗条，体格风骚。粉面含春威不露，丹唇未启笑先闻。

刘兰芳老师版《杨家将》评书里，韩昌黄土坡见杨六郎的描写，简直让人觉得眼花缭乱——哪怕只是文字而已：

只见他头戴一顶亮银打造帅子盔，高扎十三曲簪缨，珠缨倒洒，周围镶衬八宝云罗伞盖，花贯鱼肠，黄金抹额镶衬二龙斗宝，搂海带上排银钉，卡的紧绷绷，顶门是朵白绒球，洒红点，突突乱颤，身披一件锁子龟背龙鳞甲，内衬一件素征袍；望后看，八杆护背旗，白缎子镶心儿，上绣红云龙，走的是蓝火焰，银葫芦罩顶，绿穗低垂，前后护心宝镜、冰盘大小，冷森森耀眼锃光，蓝丝绳袢甲绦，一巴掌宽的丝蛮带扎腰，胁下佩一口杀人宝剑，金吞口，金什件，杏黄挽手，剑把上飘洒着茶黄色灯笼穗，护裆的鱼踏尾，一叠、两叠、三叠倒挂，横担在铁过梁上，左右征裙卡金边、走银线，挡护膝、遮马面，内衬天蓝色的里儿，大红中衣，胯下一匹追风赶月白龙驹。这匹马，头至尾够丈二，蹄至背八尺五。细蹄寸儿、大蹄碗儿、螳螂脖儿、吊肚儿，鞍鞯鲜明，马挂威武铃，三道肚带吊腰，鬃毛乱颤，四蹄蹬开，有如闪电一般，鸟翅环得胜钩上挂着一杆蟠龙金枪。往脸上看：面似冠玉，宽天庭，重地阁，两道剑眉直插入鬓，一对虎目皂白分明，黑如漆点，白如粉淀。准头端正，元宝阔口，大耳垂轮，三绺短髯，飘洒胸前，那真是不怒自威。

在老评话作品里，这个是所谓"开脸"。但凡以民间口头文学为底本的艺术作品，都这样，有带韵的长段陈述，用大量诉诸视觉的形容词。

中国小说作品，从宋话本到元明小说，大多脱胎于民间，那些"请听下回分解"之类，都是说唱艺术的技巧。所以连带开脸、赞儿，一起流传下来了。

西方文学的开山名作《伊利亚特》[1]，也有类似段落：

"亲爱的孩子，告诉我那个人，他是谁呢？
论个子，他显然矮了一头，比阿特柔斯之子阿伽门农，
但他的肩膀和胸背却长得更为宽厚。
现在，此人虽然已把甲械置放丰产的土地，
却仍然忙着整顿队伍，巡行穿梭，像一头公羊。

---

[1]《伊利亚特》和《奥德赛》统称"荷马史诗"，相传为古希腊诗人荷马所作。

是的，我想把他比做一头毛层厚实的公羊，

穿行在一大群闪着白光的绵羊中。"

听罢这番话，海伦，宙斯的孩子，答道：

"这位是莱耳忒斯之子，足智多谋的奥德修斯。

他在岩面粗皱的伊萨卡长大，但却

精于应变之术，善于筹划计谋。"

  大概但凡古典范儿的、带口头文学色彩的叙事作品，都流行这一套。

  因为早年的叙事作品没有影像帮衬，而在描述人物出场时，又需要给大家一个第一印象，所以就得念这么一套，给大家一个视觉想象。就像电影里每个新人物或新地方出场，要给个全景特写。

  这种赞儿式开脸，越是民间范儿的通俗作品，越是普遍。因为连说带唱，老百姓听得也过瘾。越是文学类作品，可能就叙述得越文艺范儿，减少民间文学的说唱色彩。

  比如《基度山伯爵》[1]，大反派邓格拉斯很多年后再度登场，这样开脸：

---

[1] 《基度山伯爵》是法国作家大仲马（1802—1870）的代表作品，主要描写的是法国波旁王朝时期发生的一个报恩复仇的故事。

这个人穿着一件蓝色的上装，上装的纽扣也是蓝色的，一件白色的背心，背心上挂着一条粗金链，棕色的裤子，头发很黑，而且垂得很低，简直覆盖到了他的眉毛，尤其是，这一头漆黑光亮的头发和那刻在他脸上的深深的皱纹极不相称，很使人怀疑这是假发。总之，这个人虽然分明已年在五十开外，却想使人觉得他还没有超过四十岁。他一面等候回报，一面观察这座房子，而且观察得这样细密留神，可以说多少已有点失礼，但他所能看到的只是花园和那些来来往往穿制服的仆人而已。这个人的眼光很敏锐，但这种敏锐的眼光与其说可表示他的聪明，倒不如说可表示他的奸诈，他的两片嘴唇是成直线的，而且相当薄，以致当闭拢的时候，几乎完全被压进了嘴巴里。总之，他那大而凸出的颧骨——这是一种百试不爽的证据，可以证明其人的狡猾，他那扁平的前额，他那大得超过耳朵的后脑骨，他那大而庸俗的耳朵，在一位相士的眼中，这一副尊容实在是不配受尊敬的，但人们之所以尊敬他，当然是为了他那几匹雄壮美丽的马，那佩在前襟上的大钻石，和那从上装的这一边纽孔拖到那一边纽孔的红缎带。

这一番脸谱勾勒，就显出邓格拉斯的阴险狡诈来了。
当然，也有聪明的作者，懂得将类似描写融会到剧情里，不刻意铺叙。但类似作品对读者要求也比较高。毕竟大多数读者都记不得那么多人物。读和听,效果是不同的。

以及,想要画面感时,形容词不一定得用在人身上,也可以用于场景、气候与风貌。

例如《海明威》的《永别了,武器》:

> 那年晚夏,我们住在乡村一幢房子里,望得见隔着河流和平原的那些高山。河床里有鹅卵石和大圆石头,在阳光下又干又白,河水清澈,河流湍急,深处一泓蔚蓝。部队打从房子边走上大路,激起尘土,洒落在树叶上,连树干上也积满了尘埃。那年树叶早落,我们看着部队在路上开着走,尘土飞扬,树叶给微风吹得往下纷纷掉坠,士兵们开过之后,路上白晃晃,空空荡荡,只剩下一片落叶。

这段著名的白描,极有感染力,妙处就在于形容词,而形容词附着的主语,又多是诉诸感官的事物:又白又干的石头,清澈的河水,尘土飞扬,路上空荡荡,只剩落叶。大概,运用形容词时,应该着重描写色彩、质感以及其他可以诉诸感受的事物。

再举一个例子,布鲁诺·舒尔茨[1]的《八月》:

---

[1] 布鲁诺·舒尔茨(1892—1942),波兰籍犹太裔作家,代表作品有短篇小说集《肉桂色铺子》《沙漏做招牌的疗养院》等。

七月，父亲去温泉浴场疗养，撇下我、母亲和哥哥，让我们任由炎热而灼人的苍白夏日摆布。炫目的阳光下，我们沉迷于那本宏伟的假日之书，其纸页如烧如焚，淌着金黄梨子的甜美果浆。

流光溢彩的早晨，阿德拉从外面回来，宛若波莫娜从清朗白昼的火焰中显形，她菜篮中五色斑斓、美轮美奂的朝晖不断往外倾泻：樱桃闪闪发亮，透明的表皮下汁液饱绽，神秘黑莓的芬芳比它们的口感更胜一筹，而杏子金灿灿的果肉蕴含了那些悠长下午的精髓。这首水果的纯诗旁边，她还倾倒出富含营养、状如琴键的小牛排，以及死章鱼或死海蜇似的藻类蔬菜。这堆食材是为一顿风格未明的正餐而准备的，是产自大地的绿色烹饪原料，还散发着清新质朴的乡野气息。

通篇形容词的用法，都在用色彩和比喻，让想象刺激感官联觉；这是布鲁诺五光十色技法的真正基础。

7　画面感的诀窍：动词

《水浒传》开头不久，有一段王进跟史进打架，描写很精彩：

> 王进道："恕无礼。"去枪架上拿了一条棒在手里，来到空地上，使个旗鼓。那后生看了一看，拿条棒滚将入来，径奔王进。王进托地拖了棒便走，那后生抡着棒又赶入来。王进回身，把棒望空地里劈将下来。那后生见棒劈来，用棒来隔。王进却不打下来，将棒一掣，却望后生怀里直搠将来，只一缴，那后生的棒丢在一边，扑地望后倒了。王进连忙撇下棒，向前扶住道："休怪，休怪！"

一句废话没有，仿佛镜头脚本，但读者自然把场面想象出来了。

这段妙在描写动作的动词都极为精确：拿、使、看了一看

(绝妙如画)、滚将入来、径奔、拖了棒便走、抢、赶入来、回身、劈、隔、掆（绝妙如画）、搠（绝妙如画）、缴、丢、倒、撒、扶。

大概画面感的诀窍，也可以是精确简练的动作描写。描写动作可以尽量家常些，贴近日常生活，使读者可以想象出来。动词用准了，便可以省却无数形容与旁白。

比如大家都熟悉的《儒林外史》里有范进中举一段。胡屠户原来看不起女婿范进，等范进中举疯了之后，大家劝胡屠户去打范进一个巴掌，胡屠户却不敢了；被大家劝着去打了，心里还是怕的。

等范进往回走的时候，胡屠户要拍他马屁。怎么写的呢？一句话：

  屠户见女婿衣裳后襟滚皱了许多，一路低着头替他扯了几十回。

这一句就把胡屠户讨好女婿的细心给写出来了。画面感最妙的是哪里？"低着头"，三字境界全出，不用特意补白"屠户一心讨好范进"了。

海明威的《老人与海》，则有一段自然浑成的叙述：

  我记得鱼尾巴砰砰地拍打着，船上的座板给打断了，还有棍子打鱼的声音。我记得你把我朝船头猛推,那儿搁着湿漉漉的钓索卷儿,我感到整条船在颤抖,听到你啪啪地用棍子打鱼的声音,像在砍倒一棵树,还记得我浑身上下都是甜丝丝的血腥味儿。

"砰砰地拍打""棍子打鱼的声音""猛推""湿漉漉的""颤抖""打鱼的声音,像在砍倒一棵树""甜丝丝的血腥味儿"。

精确的动作描写+感官描写+带有叙述性的比喻——齐了,画面感全出。

在有摄像镜头记录之前,动作场面的描写是个大话题。有历史,有变化。比如上文《水浒传》里王进战史进的单挑戏如此细致,《三国演义》相比起来,就是另一种风格了。

比如《三国演义》里写颜良战魏续、宋宪,一个是"战不三合,手起刀落",一个是"照头一刀"劈于马下,相对单一。

关羽斩颜良,是"倒提青龙刀"将颜良"刺于马下",斩文丑是先让文丑中了曹操的计策,挺身独战徐晃、张辽,还射翻了张辽的马;关羽赶来,战不二合打得文丑心怯,赶上脑后一刀。

马超战许褚,战到许褚裸衣,两边夺枪,枪杆断裂后乱打。马超战张飞,张飞不用头盔,只裹包巾上马,挑灯夜战,马超掷飞锤,张飞射箭。

姜维"空弓"杀郭淮,诈败胜邓忠,很体现姜维的智谋;关羽战黄忠,很体现关羽的大气和黄忠的神射,但更多还是情节在起作用,而非动作本身。

相对而言,《水浒传》的动作描写,更细致也更写实。除了上文所列的王进战史进外,还有武松打西门庆,并不是《三国演义》式的"武松与西门庆战不三合,一拳毙了西门庆",而是扎扎实实的动作描写:

> 武松却用手略按一按,托地已跳在桌子上,把些盏儿碟儿都踢下来。两个唱的行院惊得走不动。那个财主官人慌了脚手,也惊倒了。西门庆见来得凶,便把手虚指一指,早飞起右脚来。武松只顾奔入去,见他脚起,略闪一闪,恰好那一脚正踢中武松右手,那口刀踢将起来,直落下街心里去了。西门庆见踢去了刀,心里便不怕他,右手虚照一照,左手一拳,照着武松心窝里打来。却被武松略躲个过,就势里从胁下钻入来,左手带住头,连肩胛只一提,右手早掯住西门庆左脚,叫声:"下去!"那西门庆一者冤魂缠定,二乃天理难容,三来怎当武松勇力,只见头在下,脚在上,倒撞落在当街心里去了,跌得个发昏章第十一。街上两边人都吃了一惊。

这里武松略按,跳上桌来,踢走餐具;西门庆虚指,起右脚,武松略闪,右手刀飞。西门庆又是右手虚照,左手一拳,被武松略躲,钻过来,带头,提肩,揪左脚,摔。一系列动作,逻辑清晰,因果分明。西门庆的指东打西(虚招后连攻击),武松的愤怒(径直冲过来)和自信(都只是略躲、略闪),外加丰富的应变经验(就势钻入来,瞬间提起西门庆摔出),全都体现出来了。《三国演义》的单挑,没一场及得上这段。

后面更有精彩绝伦的武松醉打蒋门神,其实是一招分胜负。但这一招描写,精彩绝伦:

> 武松先把两个拳头去蒋门神脸上虚影一影,忽地转身便走。蒋门神大怒,抢将来,被武松一飞脚踢起,踢中蒋门神小腹上,双手按了,便蹲下去。武松一踅,踅将过来,那只右脚早踢起,直飞在蒋门神额角上,踢着正中,望后便倒……原来说过的打蒋门神扑手:先把拳头虚影一影,便转身,却先飞起左脚,踢中了,便转过身来,再飞起右脚。这一扑有名,唤做"玉环步,鸳鸯脚"。这是武松平生的真才实学,非同小可!

如果搁电影里,可能就是一个疾速后转身,起鸳鸯脚踢额,一两秒的事;但这一段文字描写细致精确,更将武松的智勇神威、平生阅历,描写得淋漓尽致了。

比《三国演义》《水浒传》晚一些的评书里,描写战斗,也多是采用大量的动作描写——毕竟当时的读者也没武打片看,也想多感受一下战斗的乐趣啊。像陈荫荣[1]先生《兴唐传》,不提各色名战斗了,连王君可打花公吉这样的普通战斗,都有很细致很合理的动作描写:

> 将话说完,催马向前,搬刀头,献刀纂,迎门一点。王君可用刀头往外首里一挂,挂出刀纂。花公吉跟着一抡象鼻子刀,奔王君可的左肩头砍下来了。王君可用三铤刀一立,往出一磕,二马冲锋过镫。花公吉左手推刀纂,回身反背一刀,这手刀名又叫仙人解带拦腰斩,照着王君可的后腰斩来。再说王君可,不容他砍上,回身悬裆换腰,合刀一挂,仓啷一声响亮,挂了出去。

那会儿没电影没电视没漫画,大家要看打戏,除了去看卖艺的,还不就得听评书吗?这就比《三国演义》的战斗要精致得多了。

在欧美小说里,这变化也极明显。像19世纪大仲马的《三个火枪手》,单挑很多,但描写没那么细致,比如达达尼昂初战:

---

[1] 陈荫荣(1918—1990),评书演员,代表作有《兴唐传》。

他像一只发威的老虎，绕着对手转了十来个圈，二十来次变化姿势和位置，频频发动进攻。朱萨克呢，当时人们都说他酷爱击剑，剑术精湛。可是这一回，他连招架都非常吃力，对手异常敏捷，不断地跳来跳去，避开成法，同时从四方八方攻击。这一切说明，他是一个很珍爱自己的人，决不让对手划破自己一点皮的。

这种斗法终于使朱萨克失去了耐心。在他心目中，对手只不过是个乳臭未干的孩子，自己却一分便宜也没占到，不禁怒气冲天，头脑一热，便渐渐露出了破绽。达达尼昂虽然缺乏实战经验，但剑术理论精深，越战越灵活。朱萨克想结束战斗，便使出撒手锏，朝前猛跨一步刺将过来，对手举剑一挡，躲过了，然后趁他抬身之机，水蛇般从他剑下溜了过去，同时反手一剑，把他的身体刺了个对穿。朱萨克像一根木头倒下了。

近一个世纪后，海明威在《流动的盛宴》里写拳击，动作就细致多了。这段是我自己翻译的：

我发现拉里作为重量级拳击手显得精干瘦弱，他骨架大，肌肉颀长，但还不够敦实，更像是一个超常发育、一无所知的男孩子。拉里臂展很长，左刺拳颇佳，右直拳很漂亮，脚步轻盈，移动敏捷。他双腿极好，移动得比我所见任何重量级拳击手都要快、都要远，但也更没效率。他是个地道的业余选手。阿纳斯塔西的训练师派了个马赛来的轻重量级拳击手——他正快成为中量级呢——跟拉里训练，拉里贴住对手，刺了几拳，起舞闪避，对面用典型的重量级比赛风格挡了几下，毫发无伤，跟踪着他。他冒着拉里的刺拳，并没倒下，直接扑到拉里近身位置，拉里只好抱住他。很可惜，忽然间拉里的胳膊显得太长了，他没空间闪躲，对面的陪练少年贴住了他，拉里无计可施，只好擒抱而已。

……

"我来给回他信心。"训练师说，叫了停，喊过来一位饭店里刚过来的重量级选手。

拉里绕着擂台走着，深深呼吸。那位轻量级拳击手摘了手套，下巴低垂在胸口，在擂台周边走着，攥着鼻子。拉里小心翼翼地看着他，自己依然走着，呼吸粗重。

……

新的重量级拳手是个当地少年，他先前被雇来搬饲养场的牲畜尸体，后来出了点意外，力量受了影响。

"他不知道自己的特长。"训练师告诉我，"他只有拳击的基本概念。但他很听话。"

训练师在他上擂台前给了指令——他上擂台都显得有些

吃力。指令很简单,"挡住。"搬尸体那位点点头,专心地咬住自己的下唇;他在擂台上安全地站稳时,训练师重复了一遍,"挡住"。然后他加了一句,"别咬你的下嘴唇。"搬尸体那位点头,之后训练师喊了停。

搬尸体那位双拳手套几乎都碰到了,如此护在脸前;他的双肘紧绷在身体周围,下巴贴胸,左肩负痛似的抬起挡在胸前。他慢慢踱近拉里,左脚在前,右脚拖着。

拉里用一记刺拳停下了对面的脚步,再一记刺拳,再一记右直拳打中对手的前额。搬尸体那位被重拳击中,开始缓慢后移,左脚小心翼翼地后撤,右脚缓慢但精确地跟着。拉里此时立刻展开全副华丽步伐,追着对手,仿佛一只昂首阔步的美洲狮。他刺拳如雨,直拳优雅。

"你的左拳,"训练师告诉搬尸体那位,"出左刺拳。"

搬尸体那位的左拳套缓缓离开他头前方,狂妄地伸向拉里,拉里则施展他绝佳的长距离步伐黏住对手,一记漂亮的右拳打在对手嘴上。

……

"勾拳打他的肚子,拉里。"我说,"逼他放低手。"

拉里以华丽的舞步跟进,左手低拳,打向搬尸体那位的肚子,同时露出了一个放给对手右拳的致命破绽:任何一个重量级拳击手都懂得出右拳。

所以动作场面描写，确实是一代胜过一代。像海明威自己有丰富的运动经验，写出来的动作场面就精彩细致得多。

论动作场面的更迭，中文小说里更能体现直观变化的大概还是武侠小说——毕竟，那是文字中的武打片。在王度庐[1]先生的《卧虎藏龙》里，打架是这样的：

> 却不料玉娇龙用手将店伙一推，店伙也几乎摔倒。玉娇龙一个跃步过来，抡拳向鲁伯雄就打，拳似流星身似电，鲁伯雄紧忙闪躲，反手相迎；玉娇龙却顺着他的拳势反手一牵，鲁伯雄的身子往前一倾，并未栽倒。他一翻身，足踢手打，势极凶猛，逼得玉娇龙直往后退，但是玉娇龙以两手护身，也不容鲁伯雄的拳脚触到她的身上。
>
> 鲁伯雄一拳紧一拳，一脚紧一脚，两只拳头像两个铁锤，耍得极熟，玉娇龙被逼得将近了她那房子的门口。绣香在屋中惊叫着，旁边的人都紧张地直着眼看，因为眼看玉娇龙就要被打了。但不料玉娇龙忽然纤躯一转，右手撒开，左手出拳击去，隐紧擦掇，其势极快。鲁伯雄正用"黄鹰抓肚势"想一把将玉娇龙抓住，却不想已然来不及，胸头早挨了一拳。

----

[1] 王度庐（1909—1977），作家，作品以武侠言情小说为主，代表作品有《卧虎藏龙》《鹤惊昆仑》《铁骑银瓶》等。

他赶紧双手去推，只觉玉娇龙又一拳擂在了他的左肩上，同时左胯又被踢了一脚，他就咕咚一声摔在了地下。

动作描写扎扎实实，很好，但大致不脱《水浒传》与评书的色彩。

梁羽生[1]先生也很爱写对打，比如《云海玉弓缘》里随意一场金世遗大战孟神通：

孟神通一占上风，第二招又闪电般的跟着发出，这一次是双掌齐挥，左掌凝聚了第九重的修罗阴煞功，右掌却是最猛烈的金刚掌法，一掌阴柔，一掌阳刚，而且都到了最高的境界，普天之下，只怕也只有孟神通一人能够如此而已。

幸而金世遗懂得他的功力奥妙，当下一个盘龙绕步，身躯一侧，中指一弹，先化解了他左掌的第九重修罗阴煞功的掌力，右掌则使出四两拨千斤的上乘内功，轻轻一带，但听得砰的一声巨响，孟神通一掌拍空，但那刚猛无伦的金刚掌力，却把距离他们较近的一个御林军军官打死了……

---

[1] 梁羽生（1924—2009），本名陈文统，作家，代表作品有《萍踪侠影录》《女帝奇英传》《云海玉弓缘》《白发魔女传》《七剑下天山》等。

但梁先生有个小问题，打斗写到后来，有点写流了，动不动大弯腰斜插柳、脚踩七星步、大须弥剑式、玄鸟划沙。都写成套路了。

金庸刚开始写武侠小说时，也是扎扎实实一拳一脚。金庸小说第一场打斗，是《书剑恩仇录》开头，陆菲青荒山战三敌，招式也很清晰：

> 大胖子罗信喝道："有你这么多说的！"冲过来对准陆菲青面门就是一拳。陆菲青不闪不让，待拳到面门数寸，突然发招，左掌直切敌人右拳脉门。罗信料不到对方来势如此之快，连退三步，陆菲青也不追赶，罗信定了定神，施展五行拳又猛攻过来。
>
> ……
>
> 罗信五行拳的拳招全取攻势，一招甫发，次招又到，一刻也不容缓，金、木、水、火、土五行相生相克，连续不断。他数击不中，突发一拳，使五行拳"劈"字诀，劈拳属金，劈拳过去，又施"钻"拳，钻拳属水，长拳中又叫"冲天炮"，冲打上盘。陆菲青的招术则似慢实快。一瞬之间两人已拆了十多招。以罗信的武功，怎能与他拆到十招以上？只因陆菲青近年来养气自晦，知道罗信这些人只是贪图功名利禄，天下滔滔，实是杀不胜杀，是以出手之际，颇加容让。

这时罗信正用"崩"拳一挂,接着"横"拳闪胸,忽然不见了对方人影,急忙转身,见陆菲青已绕到身后,情急之下,便想拉他手腕。他自恃身雄力大,不怕和对方硬拼,哪知陆菲青长袖飘飘,倏来倏往,非但抓不到他手腕,连衣衫也没碰到半点。罗信发了急,拳势突变,以擒拿手双手急抓。陆菲青也不还招,只在他身边转来转去。数招之后,罗信见有可乘之机,右拳挥出,料到陆菲青必向左避让,随即伸手向他左肩抓去,一抓竟然到手,心中大喜,急忙加劲回拉,哪知便这么一使劲,自己一个肥大的身躯竟尔平平的横飞出去,蓬的一声,重重实实的摔在两丈之外。他但觉眼前金星乱迸,双手急撑,坐起身来,半天摸不着头脑,傻不愣的坐着发呆,喃喃咒骂:"妈巴羔子,奶奶雄,怎么搅的?"

但后来,估计金庸写类似场面也写烦了,于是流变出各类武功对应性格的描述,比如:刚直的洪七公用质朴的降龙十八掌;不羁的黄药师用花里胡哨的落英神剑掌;老顽童周伯通用以柔克刚的空明拳。

再后来就越发写意了。到《笑傲江湖》,令狐冲无招胜有招之外,对打描写也已经到这个境界了——这里的对打,已经不是动作描写了:

只见左岳二人各使本派剑法，斗在一起。嵩山剑气象森严，便似千军万马奔驰而来，长枪大戟，黄沙千里；华山剑轻灵机巧，恰如春日双燕飞舞柳间，高低左右，回转如意。岳不群一时虽未露败象，但封禅台上剑气纵横，嵩山剑法占了八成攻势。岳不群的长剑尽量不与对方兵刃相交，只是闪避游斗，眼见他剑法虽然精奇，但单仗一个"巧"字，终究非嵩山剑法堂堂之阵、正正之师的敌手。

到《越女剑》，金庸用了一个更有意思的写法——不直接用全知角度描写，让主角范蠡在旁观看，从他的视角来描写：

白猿的竹棒越使越快，阿青却时时凝立不动，偶尔一棒刺出，便如电光急闪，逼得白猿接连倒退。

阿青将白猿逼退三步，随即收棒而立。那白猿双手持棒，身子飞起，挟着一股劲风，向范蠡疾刺过来。范蠡见到这般猛恶的情势，急忙避让，青影闪动，阿青已挡在他身前。白猿见一棒将刺到阿青，急忙收棒，阿青乘势横棒挥出，啪啪两声轻响，白猿的竹棒已掉在地下。

小说最后，阿青施展绝顶武功出场时，也没有正面实写，却是靠声音来描述：

蓦地里宫门外响起了一阵吆喝声，跟着呛啷啷、呛啷啷响声不绝，那是兵刃落地之声。这声音从宫门外直响进来，便如一条极长的长蛇，飞快的游来，长廊上也响起了兵刃落地的声音。一千名甲士和一千名剑士阻挡不了阿青。

所以如金庸这样的武侠大师写战斗动作，也是有变化的。早年的描写，是一招一式，读者全知视角：知道招式的名字、风格、套路，仿佛录像讲解。金庸后期，是旁观者视角，更注重速度、声音、视觉效果。

这条路写到了头，古龙[1]的武侠小说，就只能另开一条路线了。

比如《陆小凤传奇3：决战前后》：

他的手一动，剑光已飞起！

没有人能形容这一剑的灿烂和辉煌，也没有人能形容这一剑的速度！那已不仅是一柄剑，而是雷神的震怒，闪电的一击！剑光一闪，消失。

叶孤城的人已回到鲜花上。唐天容却还是站在那里，动

---

[1] 古龙（1938—1985），原名熊耀华，出生于香港，武侠小说家，代表作有《小李飞刀》《陆小凤》《楚留香》等系列作品。

也没有动，手已垂落，脸已僵硬。

然后每个人就都看见了鲜血忽然从他左右双肩的琵琶骨下流了出来。眼泪也随着鲜血同时流了下来。他知道自己这一生中，是永远再也没法子发出暗器的了。对唐家的子弟来说，这种事甚至比死更可怕、更残酷！

现在叶孤城的目光，已又回到陆小凤脸上。

陆小凤忍不住道："好一招天外飞仙！"

这种写法既夸张又取巧，只写后果，描绘了招式的迅疾。这种写法很可能学自日本著名剑客小说家柴田炼三郎[1]；柴田先生就很爱描写这类一招决胜负的场景。他不写具体的招式，而写氛围、色彩、近乎夸张的动作。像下面这段，是柴田炼三郎的文章：

那是月光照不到地面的密林。

水鸟飞起正表示该处充满敌人迎击的杀气。

已到了每一步都是死地了，任何一棵树木背后，都可能有敌人匿藏。

杀气充满整座林子。

来了。

---

[1] 柴田炼三郎（1917—1978），日本小说家，代表作有《眠狂四郎无赖控》等。

就像仰慕杀气,一阵强烈的风刷地掠过树间,当他摇响树叶,飞上高空,再度恢复静寂时,左右暗处响起尖锐的弦音。

　　下一刹那,二枝箭已断成两截。

古龙这么写,当然有原因。他自己如是说:

　　我总认为"动作"并不一定就是"打"。
　　小说中的动作和电影不同,电影画面的动作,可以给人一种鲜明生猛的刺激,但小说中描写的动作没有这种力量了。
　　小说中动作的描写,应该是简短而有力的、虎虎有生气的、不落俗套的。
　　小说中动作的描写,应该先制造冲突,情感的冲突、事件的冲突,让各种冲突堆积成一个高潮。
　　然后再制造气氛,紧张的气氛、肃杀的气氛。
　　用气氛来烘托出动作的刺激。
　　武侠小说毕竟不是国术指导。

所以说,古龙在意的,是冲突、气氛、前因后果。他后期不写打斗动作,只写效果——旁观者的效果。

　　而小说写动作,便是如此:从早年章回小说的简练,到评书老先生们身临其境的描述,到细致描绘,到不再描写动作,只描写场景和氛围——也算是一个循环。方法都列出来了,便可以根据所写的情景与氛围,选择自己想要的动作模式啦。

8　画面感的诀窍：比喻

有些比喻很直率，比如中国古代夸美人：眉似春山，目如秋水，鼻若悬胆，唇若抹朱，肌肤如玉，吐气如兰。

有些比喻很飘忽，比如张爱玲[1]小说《倾城之恋》里，范柳原把从杯底看绿茶，比做看马来森林，有芭蕉横斜之美。

这比喻本身很妙，更妙在文章里多了清新爽绿之气，范柳原这人也忽然变可爱了。

类似的比喻句还有村上春树的短篇《薄荷口香糖》，描写一个美女：

　　肩膀滑溜溜的，肚子就像一张图画纸一样笔直单薄，而

---

[1] 张爱玲（1920—1995），中国现代作家，代表作有《倾城之恋》《金锁记》《半生缘》《红玫瑰与白玫瑰》等。

且身段苗条。

　　她就像是一个人把一九六七年的整个夏天都照单全收的那种女孩，让你觉得她房间的衣橱里，一定已经把整个一九六七年夏天有关的一切，就像折叠整齐的内衣一样，全都收藏齐全了。

　　她撕开薄荷口香糖的包装纸，放一片在嘴里，一面非常有魅力而起劲地上下左右咀嚼起来，一面又从我面前走过。然后那辆炭灰色的车，就像一尾鳟鱼似的，在夏之流水中优雅地川游而去。

村上春树这段话里，说姑娘的肚子像图画纸一样，把夏天像折叠内衣一样收藏齐全，车子像鳟鱼一样在夏之流水里游走。你说比喻得贴切恰当吗？也未必，甚至让直性子人奇怪："这哪儿跟哪儿啊？"但您得承认：就是有画面感啊。

　　这法子其实不新鲜，甚至古希腊的著作《伊利亚特》里就有。史诗中描写海伦的前任墨奈劳斯受伤了：

　　　　放出浓黑、喷流涌注的热血。

　　本来流血就流血了吧，但荷马立刻开始铺叙：

如同一位迈俄尼亚或卡里亚妇女,用鲜红的颜料涂漆象牙,制作驭马的颊片,尽管许多驭手为之垂涎欲滴,它却静静地躺在里屋,作为王者的佳宝,受到双重的珍爱,既是马的饰物,又能为驭者增添荣光。

就像这样,墨奈劳斯,鲜血浸染了你强健的大腿、你的小腿和线条分明的踝骨。

作为读者,大概会觉得"如同"之后的部分全部跑题了!有凑字数的嫌疑!怎么流血还联想到涂漆象牙制作颊片了?

但是画面感之美,很容易让你忽略这些。如此一来,这段流血的比喻,营造了美丽的画面感。

这方面的巅峰,大概是我国的名小说《老残游记》[1]里的一段,着实精彩得不行。描写王小玉唱书:

王小玉便启朱唇,发皓齿,唱了几句书儿。声音初不甚大,只觉入耳有说不出来的妙境:五脏六腑里,像熨斗熨过,无一处不伏贴;三万六千个毛孔,像吃了人参果,无一个毛孔不畅快。

---

[1]《老残游记》是清末小说家刘鹗(1857—1909)晚年写的一部小说,成书于1906年,最初连载于《绣像小说》半月刊。《老残游记》被鲁迅评为晚清四大谴责小说之一。

先是用熨斗和吃人参果来描述听曲的快乐，是一种联觉描写。看后面：

唱了十数句之后，渐渐的越唱越高，忽然拔了一个尖儿，像一线钢丝抛入天际，不禁暗暗叫绝。那知他于那极高的地方，尚能回环转折；几啭之后，又高一层，接连有三四叠，节节高起。恍如由傲来峰西面攀登泰山的景象：初看傲来峰削壁千仞，以为上与天通；及至翻到傲来峰顶，才见扇子崖更在傲来峰上；及至翻到扇子崖，又见南天门更在扇子崖上：愈翻愈险，愈险愈奇。

那王小玉唱到极高的三四叠后，陡然一落，又极力骋其千回百折的精神，如一条飞蛇在黄山三十六峰半中腰里盘旋穿插，顷刻之间，周匝数遍。

这里用山势重叠来描述声音，还是联觉。接下来：

从此以后，愈唱愈低，愈低愈细，那声音渐渐的就听不见了。满园子的人都屏气凝神，不敢少动。约有两三分钟之久，仿佛有一点声音从地底下发出。这一出之后，忽又扬起，像放那东洋烟火，一个弹子上天，随化作千百道五色火光，纵横散乱。这一声飞起，即有无限声音俱来并发。那弹弦子的亦全用轮指，忽大忽小，同他那声音相和相合，有如花坞春晓，好鸟乱鸣。耳朵忙不过来，不晓得听那一声的为是。正在撩乱之际，忽听霍然一声，人弦俱寂。这时台下叫好之声，轰然雷动。

这里用烟花来形容多变与灿烂。具体是什么样？文字无法描述，但各人依靠这份绵长的比喻，已经领略了唱书的精彩。

这段文字过于有名，看看用的法子：先是连环通感比喻，等把歌声比作爬山了，就把叙述全放比喻里面，同时叙述比喻里面套比喻，于是画面感层层叠叠。文字本身也是"耳朵忙不过来，不晓得听那一声的为是"。这就是法子套法子，技巧套技巧，已经用到烂熟，信手拈来，不必拘泥了。

9 成语

成语首先能给语言一个简洁的选项。比方说：

——张佳玮真是丧失理智，像发了疯一样，昏乱残忍，荒谬到了极点。

——张佳玮真是丧心病狂。

后一句用了成语，句子简洁多了。

成语也能给人给语言自由组合的选项，毕竟语言的节奏感，就是长短句的变化。比方说这两段话：

——楚留香风度潇洒文雅，为人洒脱不拘，张佳玮丧失理智，像发了疯一样，昏乱残忍，荒谬到了极点。这两人真是差得好远啊。

——楚留香风流倜傥，张佳玮丧心病狂。这两人真是云泥之别。

后一句感觉既简洁又顺口，而且风味还有区别。

比如：

张佳玮真是丧失理智，像发了疯一样，昏乱残忍，荒谬到了极点——这一句还带点客观陈述的味道。

张佳玮真是丧心病狂——这一句忽然就有了点戏谑和控诉的感觉，为前一段所无。

大概成语的好处如咸肉，如火腿，如鲣节，凝练简洁；能够用来调和文本节奏，更现成、更形象、更有色彩。辛弃疾一句"廉颇老矣，尚能饭否"，八个字，一整段历史，古今同慨，感觉全出来了。

当然，成语也不能一味堆叠，就像下厨时，咸肉、火腿、鲣节也不能一口气放太多：大量密集的成语，会导致阅读和理解障碍，还会破坏文章节奏。

比如：

——张佳玮真是丧心病狂，脸皮还特厚，做的坏事数都数不过来。

——张佳玮真是丧心病狂，厚颜无耻，罄竹难书。

前一个参差使用，读起来就顺口些，是咸肉、鲜肉、竹笋一起放的腌笃鲜；后一句就让人有些腻口，像一锅满是咸肉的浓汤，齁得不行了。

10　从模仿开始

写过东西的诸位,自然都有这个体会:开始写东西,总想模仿某位或某几位心仪的大师;文体、口风甚至习惯用词都仿着写。

许多写东西带翻译腔的同学,大概都在年少时啃着译本,仿写过外国的名著吧?

我也不例外。小时候读书,读到让人愉快的句子,也想写出这样的句子来。想表达,想记录,衍生成文。其他人会夸我像×××的风格,开始还很得意。

后来写多了,自己回头看以前写的东西:呀,这翻译腔真拗口啊……

人写东西久了,遭词造句,起伏停顿,习惯用词,思维方式,自然会形成惯例。是所谓文体,是所谓风格。人用纸笔写作,用语音写作,用台式键盘写作,用笔记本写作,感觉是不同的,也会影响到写作方式——甚至,用的输入法不同,都会潜移默化地影响自己的写作。

久了自然会有熟悉的读者说:"哦,这就是你的风格"。

但写作的人大多也思考过:什么样的风格是对的?创作风格是不是该变一变?变成大家讨喜的风格?

然而如果日常时时这样揣摩,其实挺累的。有些天才擅长戴着镣铐跳舞,而且天生懂得如何在被拘束的写作时,依然击中大多数人的心,但这样的天才终究是少数。

也有人擅长慢悠悠地、苦心孤诣地、惨淡经营地、字斟句酌地写出符合更多人审美的文章,但那样太累了,写出来磕磕绊绊,自己都灰心丧气。类似于跑步,如果随时想着"我的跑姿是否标准",每跑一段都要注意动作,身体都会僵硬起来。

一段时间内,死读某几位自己心爱作者的著作,写出来也似模似样。但久了之后,自然知道自己是画虎类犬。

菲茨杰拉德[1]有句话说得挺好的:要描述与众不同的故事,自然有与众不同的文体。没有菲茨杰拉德那样的经历与故事,模仿他的口风写盖茨比,也是写不出来的。

何况,到后来,无论如何虚构,如何描绘,人都难免结合到自己的经历。搜肠刮肚找词时,总是会自然找到自己想说的话,摒弃自己不想说的词——哪怕事后想起来:"这里明明可以这么

---

[1] 菲茨杰拉德(1896—1940),20世纪美国杰出的作家之一,代表作品有长篇小说《了不起的盖茨比》。

写,当时为何没想到呢?"

博尔赫斯给《巴黎评论》[1]做问答时,有句话正确极了:人到最后,总是换着方式写自传。

每个人写作的风格,都是他自己的一面镜子。用自己相对最自如的方式写就是了。

当然,人本身也是会变的,所以也没必要专门停下来思考"我是不是要试图转变一下风格"或者"如果改变自己的风格了我还是不是我"。

当然也有人擅长在自我追问、抽丝剥茧的时候,写出很妙的句子,发掘出此前自己没想到的段落,但大体上,顺其自然就好。写杂一点,有一点变化,也是自然的。

许多知识本身可以触类旁通。比如我写莫奈[2]的传记时,意识到他和短篇小说之王莫泊桑[3]同是诺曼底人,而且彼此认识,

---

[1]《巴黎评论》由美国作家乔治·普林顿、彼得·马修森等人于1953年创刊于法国巴黎,后编辑部迁回美国纽约,并持续出版至今。"作家访谈"是《巴黎评论》最持久、最著名的特色栏目,自1953年创刊号中的E.M.福斯特访谈至今,《巴黎评论》囊括了20世纪下半叶至今世界文坛几乎所有重要的作家。

[2] 莫奈(1840—1926),法国画家,印象派代表人物和创始人之一。"印象"一词便来自他的作品《日出·印象》。

[3] 莫泊桑(1850—1893),19世纪后半叶法国优秀的批判现实主义作家,曾师从法国著名作家福楼拜。一生创作了6部长篇小说、350多篇中短篇小说和3部游记。文学成就以短篇小说最为突出,代表作品有《羊脂球》《项链》《我的叔叔于勒》等。

莫奈画的海景,多半是勒阿弗尔[1]。于是忽然间就理解了莫泊桑那篇著名小说《我的叔叔于勒》里的牡蛎和海船是个什么样的背景,忽然连带那篇小说以前没注意到的细节,也都想明白了。

想要让输出的内容保持新意,就得源源不断地往脑子里输入内容。写不同的题材,文字的风格多少也有点变化,也不用在意。继续在自己感兴趣的领域,尽量流畅地写自己想写的东西。

思考,反省,自问,然后继续就是了。

所以,模仿大师不是什么问题,人或多或少都是这么过来的。

马尔克斯早期的小说,自己都承认有许多福克纳[2]和海明威的影子。

金庸先生那么大的才子,也没全脱离大仲马的影响。

喜欢的东西,喜欢的倾向,自然会映照在文章中。

即便王小波,也没有全然抹去卡尔维诺的痕迹。

读宽一点,再多写,自然就脱开了。

也不用急着开山立派,毕竟从学写东西,到最后自己有一方天地,也是有进度的。

您如果一天都读王小波,到时候说话都有王小波味儿。您一

---

[1] 勒阿弗尔,法国北部海滨城市,是整个诺曼底地区人口最多的市镇。

[2] 福克纳(1897—1962),美国20世纪重要的作家之一,1949年获诺贝尔文学奖,代表作品有《喧哗与骚动》《押沙龙,押沙龙!》《我弥留之际》等。

天都听马三立相声，说话都带相声味儿。您连着啃一星期哲学专业书，说话都带翻译腔。人是会被自己最近阅读的东西影响的。

所以，如果您写东西，情不自禁总带有某个人的味儿，那可能是因为您读得稍微窄了点，以至于一写作，都是那个人的味儿。

比如，如果总怕自己行文带翻译腔，那多读读古文，或者民国诸位先生的文字。

怕自己行文太冗赘，读读说明文。

怕自己说话太文绉绉，多听听相声。

你会被自己所读所听的语言节奏感影响，最后写出另一种文字。

读宽一点，再多写，到各种文字节奏都掌握了，自然就不会带别人的味儿了。

令狐冲刚练独孤九剑时，无招胜有招，很怕自己出招带有招式的痕迹。到后来发现，其实也无所谓，也不去分辨自己出的是峨眉还是华山的招数，随心所欲就行。

写作也是如此。

11　王小波所谓的韵律

韵文得讲韵律，但散文也可以有韵律。

王小波在《我的师承》里提及了语言的韵律时，举了两个例子。

其一，他说查良铮[1]先生翻译普希金[2]的长诗《青铜骑士》，所谓雍容华贵英雄体，是最好的文字：

　　我爱你，彼得兴建的大城，

　　我爱你严肃整齐的面容，

---

[1] 查良铮（1918—1977），诗人、翻译家，笔名穆旦，代表作品有诗集《探险者》《穆旦诗集（1939—1945）》《旗》等。20 世纪 50 年代后，他中止诗歌创作，潜心外国诗歌翻译，译有普希金、拜伦、雪莱、济慈等人的众多作品。

[2] 普希金（1799—1837），俄罗斯著名文学家、诗人、小说家，19 世纪俄罗斯浪漫主义文学主要代表。

涅瓦河的水流多么庄严，

大理石铺在它的两岸……

这诗原文：

Люблю тебя, Петра творенье,

Люблю твой строгий, стройный вид,

Невы державное теченье,

Береговой ее гранит,

三顿四步。

查良铮先生翻译的句子停顿也是三顿四步：

我爱你 / 彼得 / 兴建的 / 大城。

我爱你 / 严肃 / 整齐的 / 面容。

涅瓦河的 / 水流 / 多么 / 庄严，

大理石 / 铺在 / 它的 / 两岸。

第二个例子：

朝雾初升，落叶飘零

让我们把美酒满斟！

王小波感叹这两句"带有一种永难忘记的韵律，这就是诗啊"。

王小波推崇的查良铮先生，笔名穆旦，除了是大翻译家，也是好诗人。他的诗风，是这么找韵脚的，只举一例：

> 每次相见你闪来的倒影
> 千万端机缘和你的火凝成，
> 已经为每一分每一秒的事体
> 在我的心里碾碎无形，
> 你的跳动的波纹，你的空灵
> 的笑，我徒然渴望拥有，
> 它们来了又逝去在神的智慧里，
> 留下的不过是我曲折的感情，
> 看你去了，在无望的追想中，
> 这就是为什么我常常沉默：
> 直到你再来，以新的火
> 摒挡我所嫉妒的时间的黑影。

——影、形、灵、情、影。

看王小波自己怎么写出韵律来的。王小波《黄金时代》的结尾：

陈清扬说，承认了这个，就等于承认了一切罪孽。在人保组里，人家把各种交待材料拿给她看，就是想让她明白，谁也不这么写交待。但是她偏要这么写。她说，她之所以要把这事最后写出来，是因为它比她干过的一切事都坏。以前她承认过分开双腿，现在又加上，她做这些事是因为她喜欢。做过这事和喜欢这事大不一样。

这段读来，字句极质朴，也没有刻意抒情，但是不是很流畅吧？且容我分一下行：

> 陈清扬说，承认了这个，
> 就等于承认了一切罪孽。
> 在人保组里，
> 人家把各种交待材料拿给她看，
> 就是想让她明白，
> 谁也不这么写交待。
> 但是她偏要这么写。
>
> 她说，她之所以要把这事最后写出来，
> 是因为它比她干过的一切事都坏。

> 以前她承认过分开双腿，现在又加上，
> 她做这些事是因为她喜欢。
> 做过这事和喜欢这事大不一样。

句序的长短停顿如上，看得很分明了。

每句话的句尾韵脚：孽、写；看、欢；白、待、来、坏；上、样。

真是像写诗一样在写小说。所以没太多花哨的字眼，读起来却非常舒服。明明在说一件男欢女爱被迫交代的事，却不失雍容华贵。

按照这个方法，再来看王小波的《红拂夜奔》：

> 那天下午大伙跟踪李二娘到了土地庙里，就把那座庙围了个水泄不通。这时候公差对李靖丝毫也不敢掉以轻心，所以每人都带了一件可以发射的兵器：会用弓的带了弓，会用弩的带了弩，什么都不会用的也用包袱皮包了一大堆鹅卵石，扛在背上压弯了腰。他们就这样包围了土地庙，好像一大群猫张牙舞爪地围住一只小耗子。有一件事可以证明李靖相当警觉，李二娘一进了那座土地庙，他马上就在门口探头探脑。

为什么读着顺？

分行如下：

  那天下午大伙跟踪李二娘到了土地庙里，
  就把那座庙围了个水泄不通。
  这时候公差对李靖丝毫也不敢掉以轻心，
  所以每人都带了一件可以发射的兵器：
  会用弓的带了弓，
  会用弩的带了弩，

——前半段，里和器押韵，通和弓押韵。

  什么都不会用的也用包袱皮包了一大堆鹅卵石，
  扛在背上压弯了腰。
  他们就这样包围了土地庙，
  好像一大群猫张牙舞爪地围住一只小耗子。
  有一件事可以证明李靖相当警觉，
  李二娘一进了那座土地庙，
  他马上就在门口探头探脑。

——后半段，腰和庙押韵，庙和脑押韵。
这里最明显的是"腰"，其实王小波写完了包一大堆鹅卵石，完全可以不写"扛在背上压弯了腰",但他还是加了这句,用意是不是很明显?

除了押韵,还有句序,看句子的长度,一目了然:

> 会用弓的带了弓,
> 会用弩的带了弩,
> 李二娘一进了那座土地庙,
> 他马上就在门口探头探脑。

最后看《万寿寺》结尾那段著名的抒情:

> 虽然记忆已经恢复,我有了一个属于自己的故事,但我还想回到长安城里——这已经成为一种积习。一个人只拥有此生此世是不够的,他还应该拥有诗意的世界。对我来说,这个世界在长安城里。我最终走进了自己的屋子——那座湖心的水榭。在四面微白的纸壁中间,黑沉沉的一片睁大红色的眼睛——火盆在屋子里散发着酸溜溜的炭味。而房外,则是一片沉重的涛声,这种声音带着湿透了的雪花的重量——水在搅着雪,雪又在搅着水,最后搅成了一锅粥。我在黑暗里坐下,揭开火盆的盖子,乌黑的炭块之间伸长了红蓝两色的火焰。在腿下的毡子上,满是打了捆的纸张,有坚韧的羊

皮纸，也有柔软的高丽纸。纸张中间是我的铺盖卷。我没有点灯，也没有打开铺盖，就在杂乱之中躺下，眼睛绝望地看着黑暗。这是因为，明天早上，我就要走上前往湘西凤凰寨的不归路。薛嵩要到那里和红线会合，我要回到万寿寺和白衣女人会合。长安城里的一切已经结束。一切都在无可挽回地走向庸俗。

这段并不算口语化，但怎么能读来如此有味道？
还是分行：

　　虽然记忆已经恢复，
　　我有了一个属于自己的故事，
　　但我还想回到长安城里——
　　这已经成为一种积习。

——里、习。

　　一个人只拥有此生此世是不够的，他还应该拥有诗意的世界。
　　对我来说，这个世界在长安城里。
　　我最终走进了自己的屋子——那座湖心的水榭。

在四面微白的纸壁中间，
黑沉沉的一片睁大红色的眼睛——
火盆在屋子里散发着酸溜溜的炭味。
而房外，则是一片沉重的涛声，
这种声音带着湿透了的雪花的重量——
水在搅着雪，
雪又在搅着水，
最后搅成了一锅粥。

——界、榭、雪。

我在黑暗里坐下，
揭开火盆的盖子，
乌黑的炭块之间伸长了红蓝两色的火焰。
在腿下的毡子上，
满是打了捆的纸张，
有坚韧的羊皮纸，
也有柔软的高丽纸。
纸张中间是我的铺盖卷。

——焰、卷；上、张。

我没有点灯，

也没有打开铺盖，

就在杂乱之中躺下，

眼睛绝望地看着黑暗。

这是因为，

明天早上，

我就要走上前往湘西凤凰寨的不归路。

薛嵩要到那里和红线会合，

我要回到万寿寺和白衣女人会合。

长安城里的一切已经结束。

一切都在无可挽回地走向庸俗。

最后五行里，有三行的韵脚是：路，束，俗。所以这个结尾，越到最后，越是充满韵律。以及本段的开头第一句尾：复。

虽然长短参差，但韵脚音步都押得很明白，所以这段话气韵贯通，读来行云流水。凡写文章用心琢磨过，自然明白这番心思。

这些韵辙，从来不是巧合，显然是王小波有意为之。让你读着以为是散句子，心中却不觉与他预定的节拍唱和。

这就是王小波《我的师承》里所谓"小说的韵律"，所谓"小说正向诗的方向改变着自己"，所谓"卡尔维诺的小说读起来极为悦耳，像一串清脆的珠子洒落于地"。

12　语调与翻译腔

"啊,我的上帝,老伙计,我发誓,你再这么说,我就要踢你的屁股了!"

"如果这样的话,总觉得会比较困扰呢。"

"人们普遍相信,对待政治学真正科学的或哲学的态度,和对一般意义上的社会生活更深刻的理解,必定建立在对历史的沉思和阐释的基础之上。"

上面这些句子中的翻译腔,一望便知。稍有语感的诸位,自然读得出来。

有些翻译腔之所以显而易见,是因为类似于"我的上帝、老伙计、我发誓、踢屁股"这些词,明显有悖于汉语的日常口吻。有些翻译腔则是因为语气词,"比较困扰呢"这样的句子,日常普通话也少有人用。

但除了这些模糊的判断标准之外,翻译腔最本质的问题是什么呢?

你进行的这番研究,加上你本身的知名度,对我的事业有很大的帮助。

你的研究与你的名声,对我的事业帮助很大。

这两段话哪个翻译腔重,也是一目了然。其归因,还是用句习惯。

我们的日常语言、许多习惯,本就是不知不觉之间,从翻译腔来的,只是自己觉察不到。

习惯西式语法的人,偏爱使用名词,且很容易将动词与形容词都名词化。比如,有人会习惯将"无法相比",说成"没有可比性";将"确立制度"说成"制度的确立"——这也不足为奇,因为传统中文,并无西式语法中繁杂的屈折、时态与变位。西语文献为了说明严谨,常有些措辞是中文无法表达的。比如,英语中形容"one of the best",传统中文并无针对性说法,所以只好老实说"最好的之一"。比如,"Rapheal was one of best painters of the history",如果翻译成"拉斐尔是历史上卓越的画家",总觉得味道不对,翻译成"拉斐尔是历史上最好的画家之一",说明固然严谨了,翻译腔也就出来了。

西语重逻辑因果,英语则是 and、so、because、but,法语则是 comme、lorsque、mais、cependant、encore，不一而足。传统中文，对此倒常会习惯性忽略。《红楼梦》里有一句，黛玉忙笑道："东西事小，难得你多情如此。"——若是现代中文，可能就要写成"东西倒是事小，只是难得你多情如此"来补足。

如是，除却一些不常用的词，多数语句中的翻译腔，某种程度上，都是为了让说明更严谨，不自觉模仿了西文口吻而产生，比如"某种程度上"这类说法，就是典型西语翻译腔的口吻。传统中文既不会刻意将各色词语名词化，也不会在时态、逻辑因果上做大量说明。

所以凡涉及学术写作，难免带有翻译腔。自然，也有许多带翻译腔的句子，本就是外语写的。比如，黄仁宇[1]先生的《中国大历史》，就是典型的翻译腔：

> 这一段充满着光辉和满足的时期如何下场？最简捷地说，这理想的国家因为领导集团的逐渐骄惰而不负责，无从继续。宫廷里的伺候人众增加到不能管驭的程度。

像日语句子，多感叹词，多委婉长句。比如中文"我是外国人，觉得日本人很忙"，日语就能来一个"外国人の私から見

---

[1] 黄仁宇（1918—2000），历史学家，生于湖南长沙。代表作品有《十六世纪时代中国之财政与税收》《万历十五年》《中国大历史》等。

ると、日本人はいつもとても忙しがっているようです"——直译成中文，就是"作为外国人的立场来看，会觉得日本人很忙碌呢"。这不，日语翻译腔就出来了。

当然也不是说翻译腔不好。在文学写作中，翻译腔自带着某种仪式感。比如，苏童[1]先生的小说《我的帝王生涯》有句如下：

我的最后一只红翼蟋蟀在十一月无声无息地死去，使我陷入了一年一度的哀伤之中。我让宫监收拢了所有死去的蟋蟀，集中放进一口精巧的状如棺椁的木匣中。

若改成：

我最后一只红翼蟋蟀死于十一月，无声无息，我陷入了悲伤。我让宫监收拢了所有死蟋蟀，集中放进一口木匣：木匣精巧，状如棺椁。

翻译腔似乎少了，但也因此少了戏剧念白般的堂皇感。

---

[1] 苏童（1963—　），作家，江苏苏州人，从1983年开始发表文学作品，代表作品有中篇小说《妻妾成群》《红粉》《三盏灯》，长篇小说《我的帝王生涯》《城北地带》《河岸》等。2015年，苏童凭借《黄雀记》获得第九届茅盾文学奖。

一个写作者成熟的过程，往往伴随着翻译腔的减少。翻译腔常代表着凌厉与铺陈，翻译腔的减少往往伴随着口语化句子的增多。苏童先生后期的《河岸》，句子，已经成了这种风格：

我抱住了父亲枯槁的身体，那身体像一段顽强的朽木顶风冒雨，站立十三年，终于在一阵暴风中倒伏下来。我想安慰他，可是我自己的眼泪也在眼眶里打转，喉头哽咽，说不出一句话来。

类似的，余华[1]先生1992年的作品《在细雨中呼喊》，文风是：

1965年的时候，一个孩子开始了对黑夜不可名状的恐惧。我回想起了那个细雨飘扬的夜晚，当时我已经睡了，我是那么的小巧，就像玩具似的被放在床上。屋檐滴水所显示的，是寂静的存在，我的逐渐入睡，是对雨中水滴的逐渐遗忘。

十余年后的《兄弟》，则是这类文风居多：

---

[1] 余华（1960—　），作家，北京师范大学教授，代表作品有《兄弟》《活着》《许三观卖血记》《在细雨中呼喊》《第七天》《文城》等。

苏妈说完急着要回家去取存折,再去银行取钱出来。李光头说来不及了,他马上要上车了,他先把苏妈的十五份记在心里的账上。苏妈不放心,她担心李光头从上海拉来了大生意以后,就不认苏妈的十五份了。

有趣的是,越是写作者,越容易对自己的翻译腔产生警惕,以求返璞归真,举重若轻。而普通人在日常交流中,往往自己已经沾染了翻译腔而不自知。当然了,日常语言是鲜活流动的,真的为了避免翻译腔,刻意去挑三拣四地为难自己的语言,很容易就会让人困扰呢!

我读杨宪益[1]先生翻译的《红楼梦》,紫鹃雪雁讨论宝黛亲事。他老人家是这么翻译的:"好事多磨"译成"The way to happiness is never smooth";"是姻缘棒打不回"译成"Nothing can prevent a match made in Heaven"。我初读时,已经读出了《傲慢与偏见》的味道,觉得够地道了,但稍微看国外网站的评论,还是有人抱怨:对英语母语读者不太友好,不够接地气——无论怎么试图翻译得贴心,总是会被人抱怨"太翻译腔啦"。

---

[1] 杨宪益(1915—2009),著名翻译家,将我国大量的经典文学名著译成英文,如《诗经选》《楚辞》《红楼梦》《儒林外史》等书,在西方产生广泛影响。

13 巴别尔的简洁与华丽

如果要学写短篇小说,俄罗斯作家巴别尔[1]是一个极好的学习对象。我觉得巴别尔的妙处在于:精确简洁的动词;华丽诡异的形容词;诗歌般的隐喻;性与暴力;强烈的对比。

精确简洁是巴别尔文体的第一特征。他的作品没废话。有些作品像是小说,却如报告文学般迅速冷硬。

但冷硬要想写出色彩和味道,就要靠形容词。

巴别尔很在意形容词。他很擅长用一些华丽至极、简直不太符合场面的形容词,勾画出灿烂辉煌的一面。他也很喜欢用一些比喻,给读者的大脑灌入一些东西。他笔下的客体因此充满了感情色彩和生命。

---

[1] 巴别尔(1894—1940),犹太裔苏联作家,生于敖德萨,代表作品有短篇小说集《骑兵军》《敖德萨故事》。

这些华丽的场面,经常用来描述性与暴力——并不是歌颂,只是单纯的描述。

由以上这些,引出极强的对比——他描写敖德萨的穷人,但又将他们描述得华丽多彩;他描述军队那些粗野质朴的军人,却又显出他们暴力残忍的一面。明明是简洁平淡的日常,却充满爆发力和张力。

举些例子,他的短篇小说《泅渡兹勃鲁契河》,简单到没有情节:军队前进渡河,抵达诺沃格拉德市,住在当地居民家。

"我"靠墙睡在一个犹太人旁边,梦见师长杀了叛逃的旅长,醒过来后,女主人告诉"我",身边睡的那个犹太人其实是她死去的父亲。说那老爷子被波兰人砍死时,还要求"把我拉到后门去杀掉,别让我女儿看到我活活死去",但没能如愿。

这段情节如此朴素又如此惨烈:通过描述一个睡在"我"身边的死者,描述一个死去的父亲,一个被波兰人残忍破坏的家庭,一整个被战乱践踏的城市,都描述完了。

小说妙在开头处的描写:

> 我们辎重车队殿后,沿着尼古拉一世用庄稼汉的白骨由布列斯特铺至华沙的公路,一字排开,喧声辚辚地向前驶去。

行军过程里,只在公路的形容上加了一句"尼古拉一世用庄稼汉的白骨"铺成,忽然惨烈之感就起来了。

> 静静的沃伦逶迤西行,离开我们,朝白桦林珍珠般亮闪闪的雾霭而去,随后又爬上野花似锦的山冈,将困乏的双手胡乱地伸进啤酒草的草丛。橙黄色的太阳浮游天际,活像一颗被砍下的头颅,云缝中闪耀着柔和的夕晖,落霞好似一面面军旗,在我们头顶猎猎飘拂。

这段描述如诗一般华丽,沃伦河因此有了生命;落霞如军旗,是画面感的完美表现。

而将太阳形容成"一颗被砍下的头颅",看似很诡异,但一下子将本篇的战争感拉满;砍下的头颅这个意象埋在了我们的记忆里,预示着故事后半段描述到死去的犹太老父亲。

于是故事看似不事张扬,只是平平道来,但因为故事本身凶猛直接的暴力杀戮剧情,以及优美华丽的描述,这份对比带出来的冲击力,便足够夺目了。

在《萨什卡·耶稣》那篇里,描述萨什卡和他爹一起睡了个女乞丐,染了病;萨什卡要求自己的爹别再跟母亲睡觉了,以免传染,被他爹以斧头威胁,最后萨什卡离家去放牲口了。这是个粗鲁野蛮、掺杂着暴力与性的农村故事。妙在这个故事明明如此粗野,但是,那个粗野的老爹给女乞丐银币时,却又说得出如此

具有诗意的句子:

"拜上帝的娘儿们,用沙子擦擦这个银币,"塔拉康内奇说,"它还会更亮。黑夜里,你把它借给上帝,它能跟月亮一样发光……"

萨什卡跟他爹带着病回家时,又是一段描写:

四月的土地湿漉漉的。黑乎乎的坑坑洼洼里闪烁着绿宝石般的嫩草。绿芽在黑土地上绣出一行行精巧的针脚。土地散发出一股酸味,就像黎明时士兵老婆身上的那股味。头一批出来放牧的牲畜从土岗上奔了下来,小马驹在空明澄碧的天边嬉戏。

"土地散发出一股酸味,就像黎明时士兵老婆身上的那股味。"又是一个典型的隐喻,承接在刚一起睡了女乞丐染了病的两人身上,诡异但恰当。

萨什卡回家后,甚至享受到了这样的快乐:

他恍惚觉得从天上吊下两根银线,绞成一根粗绳,绳头拴着一辆用粉红色木头制成的刻花小摇篮。摇篮在离地很高、离天又很远的空中摇晃,两根银线也跟着东摇西晃,熠熠闪光。萨什卡躺在摇篮里,起于田野的清风吹拂着他的全身,风声如音乐般激越,一道彩虹映照着尚未成熟的庄稼。

多么美好。
但下一秒,他就要跟父亲决裂,被父亲用斧头威胁了。
这种看似不和谐的诡异美好,与现实中粗野的性与暴力交织。
在《家书》那篇里,巴别尔通过一个士兵给母亲写家书的方式,老老实实不加修饰地描述了一段恐怖故事:战乱之中,自己亲爹活剐了自己一个兄弟,于是自己的兄长为兄弟报仇,又活剐了自己的父亲。

就是这么惨烈的剧情,却是这样收尾:

"库尔丘科夫,"我问那孩子,"你父亲凶吗?"
"我的父亲是条恶狗。"他忧伤地说。
"母亲要好些吧?"
"母亲还可以。要是您有兴趣,这是我们的合家欢……"
他把一张磨损了的照片递给我,上面照的有季莫菲伊奇·库尔丘科夫,是个腰圆膀粗的警官,戴一顶警官制帽,一部络腮胡子梳理得整整齐齐,笔直地站在那里,高高的颧骨,一双淡颜色的眼睛虽然有神,却显得愚昧。他身旁的竹

> 椅上，坐着一个瘦小的农妇，穿一件加长了的上衣，长着一张肺痨病患者那种发亮的、怯生生的脸。在靠墙壁那边，紧挨着外省照相馆里那种土里土气的绘有花和鸽子的背景，耸立着两个小伙子——身材高大得出奇，呆头呆脑，大脸盘，爆眼珠，泥塑木雕似的站着，好像是在听训。这是库尔丘科夫家的两兄弟——费奥多尔和谢苗。

这段写来如此不动声色，但想到这张合家欢里的父亲和儿子，已经自相残杀到只剩一个了，在这样温暖敦厚的亲情之后，对比着那样残忍的互相杀戮。这一段的描写，立刻感觉是另一回事了。

说一篇比较特别的。巴别尔擅长写军旅，但其实他有一篇很好的故事，叫《莫泊桑》。写一个俄罗斯穷侨民，被一个阔佬拜托帮阔太太翻译法国短篇小说大师莫泊桑的小说。

其中的描写：

> 双乳高耸的女佣在会客厅里步履端庄地走着。女佣身材苗条、双眸近视、举止倨傲。她那双睁得大大的灰眼睛里直勾勾地透出一股荡意。这姑娘举手投足慢条斯理。我想她在云雨之时，必定动作迅速，如狼似虎。挂在门上的锦缎门帘晃动起来。只见一个乌黑头发、粉红色眼睛的女子挺着一对

丰乳步入客厅。

……

这类女子善于把她们经营得法的丈夫的金钱，化作她们腹部、后脑勺和圆润的双肩上的粉红色脂肪。她们含情脉脉地乏乏一笑，能把卫戍部队军官们的三魂六魄一股脑儿勾掉。

……

她款步走出客厅，竭力不让她的丰臀摆动……

……

她在看修改稿时，双手交叉，一动不动地坐在那里。随后，如绸缎般光滑的双手垂向地面，额头煞白，包住双乳的胸罩间的花边偏向一边，微微颤动。

……

她低着头，侧耳倾听，涂着口红的双唇微微开启。她那抹有发膏的、又平又滑地向两边分开的发丝闪着乌油油的亮光。她那裹在长筒袜内的双腿叉开着搁在地毯上，她的小腿肚健美而又柔情万种。

小说里不用再描写作者如何对阔太太动心了，这些描写的意味一望便知。于是主角和阔太太搞在一起也理所当然。

小说最后是主角去确认莫泊桑的生平：

莫泊桑二十五岁上，遗传性梅毒第一次对他发动突然袭击。他以天生的生殖力与乐天精神同疾病展开抗争。起初他头痛欲裂，疑病频频发作。后来出现了幻盲症。他视力衰退。后来又发展为狂躁症，疑心重重，孤僻，好无端兴讼。他奋力与病魔搏斗，驾快艇狂驰于地中海，跑往突尼斯、摩洛哥、中非，而且夜以继日地写作。他声誉日隆，于四十之年，自刎喉咙，血流如注，却活了下来。他被关入疯人院。他在疯人院内，用手足爬行……在他病历的最后一页上写着：

"Monsieur de Maupassant va s'animaliser。"（德·莫泊桑先生已变为畜类。）他于四十二岁去世。他母亲比他活得长。

我读完这本书后起床。大雾遮天蔽日，直涌至窗前。我的心抽紧了。我已感觉到真相的预兆。

意思很明白了。

《莫泊桑》这篇小说妙在描述了主角跟空虚放荡的阔太太一起翻译莫泊桑于是搞在一起的故事，这个故事本身就带有莫泊桑风格（莫泊桑笔下的人经常就这么虚荣又欲望过剩）。而这种写法——将主角的欲望蕴含在形容描写之中——也很莫泊桑，甚至还影射了莫泊桑自身的命运（因为梅毒而狂躁孤僻最后早逝）。

这是一个多重致敬莫泊桑的小说——从剧情到风格到写

法——但又有巴别尔自己的风格：简洁描述，华丽形容，性，隐喻象征和多重对比。

这是短篇小说的典范。

14　最钟爱的主题

一个剧情在马尔克斯的小说里反复出现：某妓女想了断过去种种，逃出生天，打算挣钱赎身，在繁复的劳动下，床单汗湿，新进来的一个男子，和那个妓女合力拧床单。

在他的短篇《纯真的埃伦蒂拉和她残忍的祖母令人难以置信的悲惨故事》和《逝去时光的海洋》里，你都可以看到这一幕。

实际上，这不是他唯一钟爱的套路。《逝去时光的海洋》里的另一个剧情——某小镇出现神异现象，四面八方的杂耍人、富人、小贩蜂拥而来，使小镇像一锅香辣喧腾的汤料——在《百年孤独》《巨翅老人》里也同样一再重现。而在《一桩事先张扬的凶杀案》和《霍乱时期的爱情》里，都有一个"性格爽直的美女，并非完全心甘情愿地嫁给了家世显赫、清俊聪慧贵公子"的故事。

所以，加西亚·马尔克斯为什么喜欢反复写这个剧情？

而喜欢写类似剧情的却又不止他一个人。

纳博科夫在欧洲期间，写了大量俄语短篇。在《初恋》里，他描述了少年时期去到普罗旺斯海滩边，与一个十岁女孩两小无猜的友谊与朦胧的情感。小说里布满了纳博科夫惯用的意象：明亮、璀璨、光影碎散。在另几个小说里，他不无揶揄地写了某俄罗斯侨民尴尬笨拙地遭遇妻子的背叛。这两个剧情，多年之后，在美国那些雨夜假期，他用英文重新写了一遍，都凝缩在《洛丽塔》里面了。

村上春树早年写过一个短篇小说《萤》，叙述他如何在大学住宿舍，如何有一个迂腐书呆子室友，而他又如何与女主角直子相恋。这个故事在多年后扩展成了《挪威的森林》。同样，1995年的长篇小说《奇鸟行状录》的第一章，也是由他早年的短篇小说《拧发条鸟与星期二的女郎们》修改而成。

王小波就《红拂夜奔》这个题材，写了风格各异的至少两篇小说。

"老女人独自孤苦死在家里，连同她的神秘情人"这个段子，福克纳也写过不止一次。

罗曼·罗兰[1]少年时，就下决心一辈子以文学为业。中学时他

---

[1] 罗曼·罗兰（1866—1944），法国思想家、文学家，1915年获得诺贝尔文学奖，是20世纪上半叶法国著名的人道主义作家，代表作品有《名人传》(《托尔斯泰传》《米开朗琪罗传》《贝多芬传》三部传记的合称)、小说《约翰-克利斯朵夫》《哥拉·布勒尼翁》《母与子》。

看了瓦格纳、托尔斯泰和莎士比亚[1]——众所周知,这三人都以雄浑壮阔著称——多年之后,他总是到处宣扬,说自己受此三人影响极深,已入骨髓。他一路读书,都在走戏剧这行,但临了却开始写小说,先是《约翰-克利斯朵夫》,活脱一本音乐家传记,然后是《名人传》,包括托尔斯泰、贝多芬(瓦格纳钟爱的雷神)和米开朗琪罗(与前两位一样,雄浑酷烈的巨人)。他一直试图寻找的风雷动变换瞬息间的主题,最后终于还是在他自己的笔下践行了。

大概,每个人都有这么一个他不得不写的东西。哪怕不重复,也会换一种形式和倾向,一而再再而三地变幻姿影。川端康成[2]以各种形式写过"敏感老人对年轻女子可望而不可即"的奇妙感情,海明威小说的主角基本总会面临"哪怕努力克服命运达成胜利终于也毫无用处"的勇决与惨淡。而这种对主题的敏感和倾向,我们可以称之为风格。风格的凝缩,就是那个"不得不去写"的东西。

纳博科夫大概是最不愿意流露痕迹、落人话柄、重视技巧的

---

[1] 莎士比亚(1564—1616),英国文艺复兴时期伟大的剧作家、诗人,代表作有四大悲剧《哈姆雷特》《奥赛罗》《李尔王》《麦克白》,四大喜剧《第十二夜》《仲夏夜之梦》《威尼斯商人》《无事生非》等。

[2] 川端康成(1899—1972),日本作家,1968年获诺贝尔文学奖,是日本首位获得该奖项的作家。代表作品有《雪国》《古都》《千只鹤》《伊豆的舞女》《藤花与草莓》等。

小说家，但在普罗旺斯海岸初恋这个话题上，终于还是露了些痕迹。

那是一种多么强烈的热望，能吸引他们一次次去书写！

毛姆[1]在《月亮和六便士》里，描写以高更为原型的思特里克兰德时，大概如此描述：他身体里就是有那些东西，他必须倾吐出来，然后才能达到灵魂的安宁。这么说虽然有些夸张，但却不无道理。

对他们这些人来说，如何编造一个美丽动人的故事，早已经不是问题。一个能让他们有叙述冲动的故事（比如，福克纳很爱描述"一个女孩到树上去寻找死亡"，这个故事对他有种匪夷所思的吸引力），是他们灵魂的火焰。就像音乐的一个动机（比如贝多芬《命运》开头著名的"邦邦邦邦"）之于音乐家一样，他们总会忍不住重新讲自己最钟爱的那个故事，试着看这个故事经过时间洗礼之后，能不能讲得更美妙一些。那是那些聪慧灵魂的"核"，只是因为蕴积的心血如此不同，所以在不同的季节吐出来，会生根发芽，长成完全不同的故事。

村上春树在20世纪80年代初就写过一个失业者在家里接到骚扰电话的故事，直到他四十五岁才将这个故事写进了《奇鸟行

---

[1] 毛姆（1874—1965），英国小说家、剧作家，代表作品有《人生的枷锁》《月亮和六便士》《刀锋》《寻欢作乐》《面纱》等，被誉为"会讲故事的天才作家"。

状录》里作为鸿篇巨制的开头。

马尔克斯说,他思考《百年孤独》思考了三十年。那部浩繁长卷里,融会进了他之前在哥伦比亚、法国巴黎、墨西哥所有岁月里写过的细碎剧情。他早年的短篇小说,写镇上来了群外来人,搅得乱七八糟,镇上被各类洪流淹没了,这个主题细细碎碎写了十几年,但一直找不到一个爆破点。直到他自己说,某天旅游时,忽然想到了一句"多年以后,面对行刑队,奥雷里亚诺·布恩迪亚上校……"于是立刻开车回家,开始写《百年孤独》,一气呵成。

所以,有了创意与灵感,不一定要急着写。

许多写长篇的人一定有类似的体验:许多悬念,你自己知道谜底,所以毫无新鲜感,于是越写越烦。每天早起,"哎呀这东西我不想写了,自己都觉得没意思,但都写这么多了,好吧继续吧"。所以总是中间写得奇慢,结尾写得奇快。"我再也不想看了,过一个月我再修改"。

但这玩具不是被你抛弃了,只是被你日益提高的眼光给暂时埋没了。

但这会成为你玩具储藏室的一部分。

经不起细细推敲、反复琢磨的创意,都不是什么好创意。

好创意是会留下来的,你记下来就好。

以后,某天,机缘到了之后,你会把这个创意拿出来,放到一个更大的构架里去。到那时，更成熟的你，会将这个创意更轻快圆熟地加加工，然后做出来。时光与经历会慢慢提高你的眼光和语感，帮你淘汰不够好的创意，方便加工更好的创意。

反过来，你读过许多书、练习过许多写作后，还能捡起来重新写的，才是好东西。到时候，你会处理得更自如。

汪曾祺先生说，写作的第一要务是：不要着急。

15　每个人都在写自传

"一听你说话就是读××专业的。"

正侃侃而谈时,被人说这句话,开始都会有些尴尬,对不对?

然而这其实还挺正常的。

文如其人,人的写作谈吐,最见真心。

司汤达说,他每次写作前,必须读一页法典,以便找到简洁的语感。所以《红与黑》字句明晰。

或者也许是家传的血统:他爸爸是律师,他自己当过政府书记员,跟随拿破仑向意大利进军,目击过马伦哥战役。所以司汤达写拿破仑战争的段落,被海明威誉为天下前二,堪与托尔斯泰不朽的《战争与和平》相比。

职业与生活对写作风格是有影响的。

海明威在巴黎时,还兼职记者,给北美的报社写稿;一边写短篇小说，一边偶尔出差去采访，来篇特写。多年后，他认为，记者生涯有利于他塑造自己写作时的冰山风格。加西亚·马尔克斯也有同感。他老人家也当过记者，而且坚信自己最想做的就是记者。虽然他以魔幻著称，但只要搞明白"在新闻中只要有一个事实是假的便损害整个作品。相比之下，在虚构中只要有一个事实是真的便赋予整个作品以合法性"，就无往而不利了。

所以辛格[1]先生也认为，对一个作家来说，当记者比教书更健康。他说过，曾经有位评论家告诉他："我从来不能写任何东西，因为我刚刚写下头一行，就已经在想写怎么批评我自己的作品了。"

当然从批评家视角，也可以别出心裁地写东西。比如，纳博科夫就在康奈尔教文学课，所以他用分析文学的方式，写了本奇妙的小说《微暗的火》——那个小说叙述者，简直就有点过度解读，但这也是一个角度：职业上最习惯的写作手法，总是会不经意地联系到作者自己的经历。

比如，卡夫卡[2]的冷硬简洁天下无对，村上春树在《海边的

---

[1] 辛格（1904—1991），美国犹太裔作家，1978年诺贝尔文学奖获得者，代表作品有《卢布林的魔术师》《庄园》《冤家，一个爱情故事》《傻瓜吉姆佩尔》《市场街的斯宾诺莎》《降神会》等。

[2] 卡夫卡（1883—1924），奥地利作家，曾为保险公司职员，业余从事创作，代表作品有《变形记》《在流放地》《乡村医生》《饥饿艺术家》等。

卡夫卡》里，特意借主角之口说卡夫卡是仿佛描述一架机械一样描述世界。

那么，卡夫卡是做什么的呢？

答：完成律师培训后，在保险公司工作。

除了笔调，当然还有笔下的人物与历程。

福楼拜的父亲是医生，所以《包法利夫人》里，包法利先生也是医生。

巴尔扎克[1]进过法学院，跟诉讼代理人和公证人实习过，非常熟悉民事诉讼流程。所以在他伟大的《人间喜剧》里，描写种种金融投机和法律程序信手拈来，以及他笔下最丰富多彩的角色，就是各色贪婪的金融吸血鬼。

村上春树年近而立在自己开的爵士乐酒吧餐桌上，写自己的处女作《且听风吟》，小说大多数故事就发生在爵士乐酒吧；几年后，在他的小说《国境以南，太阳以西》里，主角自己开了个爵士乐酒吧。

麦尔维尔[2]十八岁就上船当了水手，二十二岁成了捕鲸水手。

---

[1] 巴尔扎克（1799—1850），法国小说家，被称为"现代法国小说之父"，一生共创作91部小说，合称《人间喜剧》，其中代表作有《欧也妮·葛朗台》《高老头》等

[2] 麦尔维尔（1819—1891），美国杰出的浪漫主义小说家，代表作品有《白鲸》《骗子的化装表演》《毕利·伯德》等。

三十二岁，他写出了伟大的小说《白鲸》。

米兰·昆德拉[1]的父亲是雅那切克音乐学院的院长，所以他一辈子的小说都在来回折腾七章复调。

李碧华[2]的第一本小说《胭脂扣》，叙述人及其女友都在报社工作，女友更是采访港姐的勤快记者，所以才能顺藤摸瓜，一路寻找如花与十三少当年的冤孽感情——而当时，李碧华自己就是人物专访记者。

世上自然有从历史选材，进而天马行空虚构的作者，比如博尔赫斯，比如大仲马。但大多数作者总是会情不自禁地写到一点自己。比如曹雪芹写大观园，势必映照到一点自己的生活。比如，金庸先生为什么酷爱写趁乱劫掠的兵卒？用他自己在《月云》里所写的原话：

> 宜官上了中学。日本兵占领了这个江南小镇，家中长工和丫头们星散了，全家逃难逃过钱塘江去。妈妈在逃难时生病，没有医药而死了，宜官两个亲爱的弟弟也死了。宜官上

---

[1] 米兰·昆德拉（1929—2023），捷克小说家、文学评论家，代表作品有《生活在别处》《笑忘录》《不能承受的生命之轻》《庆祝无意义》等。

[2] 李碧华（1959— ），知名编剧、作家，代表作品有《霸王别姬》《青蛇》《胭脂扣》《生死桥》等。

了大学，抗战胜利，宜官给派到香港工作……

　　金庸的小说写得并不好。不过他总是觉得，不应当欺压弱小，使得人家没有反抗能力而忍受极大的痛苦，所以他写武侠小说。

　　所以我不时怀疑，《水浒传》里，林冲解送沧州遇到管营与差拨写得如此细密，杨志杀了牛二后发配处理文案写得有模有样，宋江杀了阎婆惜后郓城县的处理流程写得滴水不漏，武松在阳谷县和孟州两次遭发配都写得细致入微，宋江遇到戴宗时的监狱描写如此贴切，而《水浒传》文笔又如此简洁精确，杀人场景如同现场报告……难道施耐庵做过刑名师爷，在衙门里干过活儿吗？不然，何至于对朝堂之事写得粗粗疏疏，却对县官孔目、公文刺配、差拨解差、牢城节级，写得如此娴熟呢？

　　一个人写东西时，最流畅细密的部分，总是会自然而然地泄露自己最了解的事。某种程度上，每个人的一言一行，都是在书写自传呢。

　　村上春树在不同的四五篇小说里，会提到一个173公分高的男性，婚后发胖成72公斤，然后开始锻炼，变成了64公斤。这几个精确的数字来回出现，再结合《当我谈跑步时，我谈些什么》里的泄露，很显然，这应该是村上春树自己的经历。他对这几个数字记得如此清晰，大概每一个试图减过重的人都能理解：那是通过反复确认磅秤上的数字，才能如此刻骨铭心。

反过来，既然文如其人，每个人写自己的经历最真实，那写作虚构情节时，也不妨依照自己所经历的环境，或增或减，改头换面，构筑自己的世界。

因为唯其如此，才写得最为真切啊。

16　前期的绚烂与后期的平淡

写文章的高境界，自然是意到笔到，所谓辞达而已矣：意思与文藻，恰到好处。

苏轼有段话极有名：

> 凡文字，少小时须令气象峥嵘，采色绚烂，渐老渐熟乃造平淡；其实不是平淡，绚烂之极也。

返璞归真，举重若轻。好比《神雕侠侣》里，杨过练玄铁重剑，重剑无锋，大巧不工。

但这里有个小小的问题：杨过也不是一开始就重剑无锋的。

独孤求败冢前的石刻说了：少年时练锐利长剑，然后紫薇软剑，到中年才重剑无锋，最后草木竹石皆可为剑。

即便是独孤求败，也有个循序渐进的过程。

杨过自己也是少年时练花里胡哨的剑术，一会儿古墓派，一会儿全真，一会儿打狗棒，一会儿白驼山……

是经历了许多事，才回过头来，摒弃华丽，重剑无锋的。

返璞归真、自利反钝，当然挺好，但得给点时间。

少年时，谁还没做过点轻躁的事，写过点骄盈浮夸的文章呢？

汪曾祺先生写过两篇《异禀》，少年时那篇用力明显，后来写的那篇醇和中正。的确人的文笔会成长，火气会越来越少。

回到开头苏轼那段话，那段自然是真理，但后面其实还有一段：

> 汝只见爷伯而今平淡，一向只学此样，何不取旧日应举时文字看，高下抑扬，如龙蛇捉不住，当且学此。

少年时峥嵘绚烂，成熟后平淡。

后来写文章平淡绚烂的苏轼、苏辙，回看少年应举时写的文章，那也都是花里胡哨的。

连唐宋八大家级别的文章大宗师，都要经历考场作文花里胡哨、到40岁后才平淡下来的过程，何况每个普通人呢？

大概，年轻人都有个成长历程，也多少有个雄辩滔滔铺陈发散叙述欲的阶段。张岱[1]所谓"少年做文字,白眼看天,一篇现成文字挂在天上,顷刻下来,刷入纸上,一刷便完"。

除了少数例外,作者的初次巅峰年龄,应该在 31 到 40 岁。只举一些最有名的例子:

比如,《战争与和平》,是托尔斯泰 35 岁到 41 岁完成的。《百年孤独》发表时马尔克斯 40 岁。福克纳作品里评价最高的《押沙龙,押沙龙!》发表时,作者 30 岁——顺便,《喧哗与骚动》,32 岁,《八月之光》,35 岁。海明威《永别了武器》,30 岁。劳伦斯[2]《虹》,30 岁。福楼拜《包法利夫人》,36 岁。

老舍[3]《骆驼祥子》连载时,37 岁。沈从文[4]《边城》连载时,32 岁。余华那著名的三大本《活着》《许三观卖血记》《细雨中呼喊》,发表于 31 到 35 岁之间。莫言《红高粱》,31 岁。

村上春树《世界尽头与冷酷仙境》,发表于 36 岁,两年后超

---

[1] 张岱(1597—1689),字宗子,号陶庵,明末清初文学家,代表作品有《琅嬛文集》《张子文秕》《陶庵梦忆》《西湖梦寻》等。

[2] 劳伦斯(1885—1930),英国诗人、小说家、散文家,代表作品有《虹》《恋爱中的女人》《儿子与情人》《查泰莱夫人的情人》等。

[3] 老舍(1899—1966),本名舒庆春,字舍予,中国现代著名小说家、文学家、戏剧家,代表作品有《四世同堂》《骆驼祥子》《茶馆》《龙须沟》《我这一辈子》等。

[4] 沈从文(1902—1988),原名沈岳焕,中国著名作家、历史文物研究者,代表作品有《边城》《长河》《湘行散记》《从文自传》《中国古代服饰研究》等。

畅销的《挪威的森林》出版。巴尔扎克《高老头》,发表于35岁。博尔赫斯开始写小说,出手惊人的《恶棍列传》,发表于36岁。川端康成凛冽的《雪国》,首次连载时36岁。

当然有更年轻的。比如菲茨杰拉德29岁出版了《了不起的盖茨比》,但他是天才,加之小说内容许多与切身体验有关,又因为27岁之后身体健康每况愈下,以及酗酒,所以他算个例外。

张爱玲大多数名作都是30岁之前写完的,但她身份经历比较复杂,暂时不提。

为何说是初次巅峰年龄?因为许多伟大作家,不止一部巅峰作品。

大概可以说,作家的第一个巅峰期,一般是创作激情澎湃型作品。如果持续写作,那第二个巅峰期一般在45到50岁左右到来——那时的作品一般是作家深思熟虑、技法成熟的作品。

比如,托尔斯泰完成史诗《战争与和平》后歇了几年,45岁开始写《安娜·卡列尼娜》。

比如,村上春树到46岁,出版了他当时的最大部头的作品《奇鸟行状录》。

老舍在45岁到49岁,完成了《四世同堂》。

海明威早年不停写战争与打猎,到51岁开始写《老人与海》。

马尔克斯在长期封笔期间,写完了《一桩事先张扬的凶杀案》,54岁发表,一年后得诺奖,又三年后,出版了《霍乱时期的爱情》。

大仲马最卓越的《基度山伯爵》与《三个火枪手》,是他42岁到44岁之间完成的。

陀思妥耶夫斯基的《罪与罚》和《白痴》,是45岁到47岁之间完成的。

最后,还有一种极特殊的情况。

深思熟虑、老而弥辣的作者,到老年能够写出最伟大的作品。这类作品不那么激情洋溢,但技法或思想已经熟成了,那通常是对时代的总结。干得了这个的,那都是文豪级的作家。

托尔斯泰71岁,出版《复活》。雨果60岁,发表《悲惨世界》。陀思妥耶夫斯基58岁,开始连载《卡拉马佐夫兄弟》。川端康成妖艳了一辈子,到63岁,出版大成的《古都》。

杜拉斯年到七旬,才出版《情人》。

博尔赫斯到70岁,才写出他最好的那些诗。

汪曾祺先生的《受戒》发表时,他60岁。

大概,极少数天才,二十来岁能写出伟大的作品。大多数澎湃型作家,三十来岁(相对集中在35到38岁),写初部伟大作品。一部分熟成的作家,四十来岁(相对集中在43到47岁),写成熟伟大作品。极少数文豪,到六七十岁依然能继续写大总结型作品。

王小波第一部作品集在37岁时出版;39岁,凭《黄金时代》成名;41岁,完成《红拂夜奔》《寻找无双》——读过《寻找无双》

的都知道,那是他自己承认的第一部长篇小说。

鲁迅先生,37岁,发表《狂人日记》;《呐喊》出版时鲁迅42岁;《彷徨》出版时鲁迅45岁;《故事新编》出版时鲁迅55岁。

金庸开始连载小说是32岁;第一部名动天下的巅峰作品《射雕英雄传》,连载于33岁到35岁时;然后公认最卓越的三部,《天龙八部》,连载于39岁到42岁时,《笑傲江湖》,连载于43岁到45岁时,《鹿鼎记》,连载于45岁到48岁时。

著名的经典三联版修改,是他50岁到57岁之间完成的。

回到苏轼。

《赤壁赋》《念奴娇·赤壁怀古》《承天寺夜游》,以及《卜算子·黄州定慧院寓居作》《临江仙·夜归临皋》《定风波》等作品基本集中在1082—1083年间完成。

这时候,苏轼是45岁到46岁。

是的,苏轼自己也是年少时节"高下抑扬",到老来才在平淡中见绚烂。他也要经历了许多,才在黄州写了那么多赤壁文章。

所以年少时写得不成熟,也不要紧:给自己一点时间,耐心点,慢慢来吧。

17　洞察力

　　19世纪前期，因为浪漫主义的流行，好多人喜欢华丽铺陈的写法。

　　1802年出生的雨果作为浪漫主义代表，到老文笔也是这样的，以下摘自李丹、方于前辈所译《悲惨世界》里的滑铁卢之战，华丽优美：

　　　　那天，从中午到四点，中间有一段混乱过程；战况差不多是不明的，成了一种混战状态。黄昏将近，千军万马在暮霭中往复飘荡，那是一种惊心动魄的奇观，当时的军容今日已经不可复见了，红缨帽，飘荡的佩剑，交叉的革带，榴弹包，轻骑兵的盘绦军服，千褶红靴，璎珞累累的羽毛冠，一色朱红，肩上有代替肩章的白色大圆环的英国步兵和几乎纯黑的不伦瑞克步兵交相辉映，还有头戴铜箍、红缨、椭圆形皮帽的汉诺威轻骑兵，露着膝头、披着方格衣服的苏格兰兵，我国羽林军的白色长绑腿，这是一幅幅图画，而不是一行行阵线，为萨尔瓦多·罗扎所需，不为格里博瓦尔所需。

每次战争总有风云的变幻。"天意莫测。"每个史学家都随心所欲把那些混乱情形描写几笔。为将者无论怎样筹划，一到交锋，总免不了千变万化，时进时退；在战事进行中，两军将领所定的计划必然互有出入，互相牵制。战场的某一点所吞没的战士会比另一点多些，仿佛那些地方的海绵吸水性强弱不同，因而吸收水量的快慢也不一样。为将者无可奈何，只得在某些地方多填一些士兵下去。那是一种意外的消耗。战线如长蛇，蜿蜒动荡，鲜血如溪水，狂妄地流着，两军的前锋汹涌如波涛，军队或进或退，交错如地角海湾，那一切礁石也都面面相对，浮动不停；炮队迎步兵，马队追炮队，队伍如烟云。

1821年出生的福楼拜，已经觉得雨果过于华丽，不够科学了，所以在《包法利夫人》里，追求清晰简洁。七年之后即1828年出生的托尔斯泰，当然会更追求简单明快、朴实无华、鲜明清晰。

托尔斯泰年轻时很荒唐过一阵，到三十来岁时，有点幡然悔悟的意思。在写作上也追求扎实简洁。托尔斯泰自己在日记里说过：浪漫华丽的铺叙，不仅会迷惑读者，还会迷惑作者。他说他要消灭花里胡哨的一切,他要用理性的方式写作。

托尔斯泰在《战争与和平》里描述三王会战(刘辽逸译本)如下,同样是战场描写,可以对比下雨果的风格:

  在霍斯蒂拉德克村里,从战场上撤下来的俄国军队虽然也很乱,但秩序已经好多了。法军的炮弹打不到这里,枪声听起来也遥远了。这里人们已经清楚地看到,而且也都在说,仗是打输了。罗斯托夫不论问谁,没有一个人说得出皇上在哪儿,库图佐夫在哪儿。有人说,传闻皇上真的受了伤,又有人说,不对,所以有这个谣传,是因为在皇上的轿式马车上的确坐着一个随皇帝侍从一同来战场、吓得面无人色的宫廷大臣托尔斯泰伯爵,从战场往后方奔驰。有一个军官告诉罗斯托夫,在村后左首他看见一位大官,于是罗斯托夫就往那儿去了,他对找到什么人已经不抱希望,不过是为了问心无愧罢了。罗斯托夫走了三俄里光景,赶过最后一批俄国军队,在挖了一条沟的菜园附近看见两个骑马的人,他们站在沟对面。其中一个戴着白缨帽,不知为什么罗斯托夫觉得眼熟;另外一个不认识的骑者骑一匹枣红骏马(这匹马罗斯托夫觉得很熟),来到沟沿,刺了一下马,松开缰绳,轻快地跳过菜园的沟渠。只见尘土顺着马后蹄往堤坡下面溜。他陡然掉转马头,又跳回沟那边去,恭恭敬敬地对那个戴白缨帽的骑者说话，显然是请他也跳过去。那个罗斯托夫好像认识的骑马人不知为什么引起罗斯托夫的注意，他摇头摆手做了一个否定的姿势，罗斯托夫一见这个姿势，立刻认出他正是他为之悲伤的、崇敬的君主。

简单明晰，一目了然。

亲自上阵参与过一战的海明威说，论写战争场面的清晰准确，没有人胜过托尔斯泰了。

托尔斯泰这种对清晰简洁的追求，还体现在他的趣味上。

他早期喜欢莎士比亚，但越到后期，越喜欢吐槽莎士比亚，越喜欢古希腊文学。他一度认为，莎士比亚的华丽与戏谑，会影响悲剧的崇高美。

他推崇如《荷马史诗》的清澈质朴，说犹如阳光下的清泉：里头有沙砾会刺痛喉咙，但唯其如此，才显得质朴而真实。

大概许多作者都是如此：年少时花里胡哨，越到后来越大巧不工、返璞归真。

当然，这对一个重视文笔观赏性的普通读者而言，可能就体现为文笔不够好看。

毛姆的说法：

> 一般认为，巴尔扎克的文笔并不高雅，他为人粗俗，文

笔也很粗俗……据说狄更斯[1]的英语文笔也不太好,而有个很有语言修养的俄国人曾告诉我,托尔斯泰和陀思妥耶夫斯基的俄语文笔也不怎么样。世界上迄今最伟大的四位小说家,居然使用各自母语时文笔都很糟糕,真叫人瞠目结舌。

但毛姆立刻补了一句,实在是至理名言:

> 看来,文笔精美并不是小说家应有的基本素养,更为重要的是有充沛的精力、丰富的想象力、大胆的创造力、敏锐的观察力,以及对人性的关注、认识和理解。

理解了这话,就能理解托尔斯泰的文风了。

关于毛姆所谓"敏锐的观察力,以及对人性的关注、认识和理解",托尔斯泰在《昨日的历史》里尝试做一件事:任何一个单独的事件,都追溯其起源。即,他认为一切偶然浪漫的,都有现实的原因。而寻找出这个原因,就是洞察力。

专门翻译托尔斯泰的名译家理查德·佩维尔有段话很妙。他说托尔斯泰的作品,满是挑衅和嘲讽,却以广泛而精确的修辞手法写来——这份挑衅、嘲讽、广泛与精确,也来自托尔斯泰的洞

---

[1] 狄更斯(1812—1870),英国批判现实主义作家,代表作品有《远大前程》《双城记》等。

察力。

举两个典型例子。

《战争与和平》里,性格单纯、与人方便的皮埃尔,继承了大笔遗产,成了全俄顶尖的富翁。老奸巨猾的瓦西里公爵,便存心要将自己美丽又有手腕的女儿海伦嫁给皮埃尔。

小说写到皮埃尔自己早认定与海伦结婚不会幸福,但他发现,社交场上,大家都认定他和海伦早晚会在一起。但他的性格温厚,即托尔斯泰所谓说不出使大家失望的话。

终于瓦西里公爵专门组了个饭局,众目睽睽下,单等皮埃尔求婚的架势;皮埃尔性格温暾,又不想求婚,又下不了决心,席间也只好没话找话,跟海伦唠几句家常。

期间皮埃尔起身想走,被瓦西里公爵豪迈热情地一把按住。

又如此僵持许久,瓦西里公爵演了这么一出:他专门走开几步,容皮埃尔与海伦对坐尬聊了几句。

然后自己扑进去,兴高采烈地搂着皮埃尔和海伦,说了一串话,类似"我很高兴……她会成为你的好妻子……上帝保佑你们"。

亲朋好友们也一拥而上,流泪庆祝,海伦又主动亲了皮埃尔。等于是逼婚逼成功了。

这里妙在托尔斯泰写皮埃尔的心情和行动:

"现在已经晚了,一切都完了。实在说来,我也是爱她的。"——温暾人被逼到这份上,第一件事就是自我说服。

于是托尔斯泰写皮埃尔,有气无力地对海伦说:

"我爱您!"——他知道在这场合,必须这么说,因为他的性格是不能让大家失望。

只是一个小场面而已,但皮埃尔的温暾、瓦西里的老辣和海伦的手腕,乃至莫斯科上流社会的姿态全出。带着嘲讽喜剧色彩,但又并不漫画化,甚至对不同人物心态、动作和策略的把握都很细密,是所谓"满是挑衅和嘲讽,却以广泛而精确的修辞手法写来"。

而整本《战争与和平》,都是由这样的段落构成的,千人千面,各有特色。所以《战争与和平》宏阔而伟大。

另一边,托尔斯泰的洞察力,除了嘲讽般的喜剧,还有其极尖锐的一面。《安娜·卡列尼娜》第六部第23节有一段直指人心的争论:如果一个孩子出生后注定会不幸,是不是有可能根本不生下来比较好?

当时安娜和她嫂子多莉在讨论。安娜慷慨陈词,说她不想生孩子了,其核心观点,可归纳如下:上天给予她理智,就是让她利用理智,来避免将不幸的孩子带到人间。

她认为:如果孩子们生下来注定不幸,那还不如不生的好——不被生下来,孩子至少能避免不幸;但如果孩子被生下来后会遭罪,那安娜自己会问心有愧。

搁现在流行的说法，大概是："自己都搞不定生活，又过于有责任心的人，何必让孩子受苦？"

安娜这观点是否正确，姑且存而不论，倒是她嫂子多莉的反应，极为有趣：听了安娜这话，多莉大惊失色，喃喃自语"那不是不道德吗？"

但又一瞬间想到"如果我没有孩子，是不是生活会好一些？"

多莉自己带孩子的生活，是怎样的呢？我们都知道那句著名的开场白："幸福的家庭都是相似的，不幸的家庭各有各的不幸。"

比较少人提的是：这段话讲的，就是多莉跟安娜的哥哥斯捷潘·阿尔卡季奇的婚姻。

《安娜·卡列尼娜》的开头讲了这么个破事：斯捷潘出轨了，跟老婆多莉吵架了。

多莉的反应是：与丈夫吵架，冷战，之后三天，她有十来次，企图下决心，把自己和孩子们的衣服整理好，带孩子回娘家，但她下不了决心，只好自言自语"事情不能这样下去了"，她要想个办法惩罚丈夫。

她自言自语说狠话，都是说给自己听，实际内心，她早意识到自己无能为力；事情既无解决可能，只好自欺欺人，继续清理东西，装出一副要走的样子——装给自己看。

等丈夫来了，她吼了几句，表达了情绪，说丈夫无情无德。于是丈夫出门了。

多莉听到丈夫的马车声,于是回到育儿室,这时家庭教师和奶妈过来问家务事怎么办,于是多莉又纠结上了,开始麻醉自己:

"我多么爱他呀……"

于是就开始投身家务,将忧愁淹没在家务之中——狠话放完了,又回到家庭生活中了。

而后安娜·卡列尼娜初次登场,来劝多莉与丈夫和好。多莉朝安娜感叹:

"我不能甩掉他。有小孩子们,我给束缚住了。可是我又不能和他一起生活,我见了他就痛苦极了。"

她也对安娜哭诉,她走进婚姻时什么都不懂,就是家里安排的……

多莉其实是知道的:把她跟丈夫,以及这个"不幸的家庭各有各的不幸"绑在一起的是孩子,是家里,是自己当时的年少天真。

但在安娜的劝导下,多莉也有了台阶下。到后来,斯捷潘和多莉开始讨论安娜是不是该住楼下、要挂上窗帘——吵完了,台阶也有了,于是和好了。

所以多莉的遭遇,真是相当典型:她在对婚姻一无所知的情况下,被家庭推着,稀里糊涂地走进婚姻,按部就班地有了孩子,然后就被家庭绑住了。

跟丈夫吵架后,她也自知无法离开,只能撒撒气吵几句,自欺欺人地生几天气,然后整饬家务重新融入生活,然后等着亲戚给台阶下。

她其实知道自己不幸的根源,都已经亲口说出来了,但并不愿去细想。

凑合过呗,还能如何?

《安娜·卡列尼娜》的男主角列文——原型是托尔斯泰自己——则说过另一段话,他发觉周围有许多看似聪明的人,却满足于不细想。大概许多问题会越想越痛苦,那就找个能满足自己的解释,稀里糊涂过去吧。

所以小说后半部分当安娜说出如果注定不幸,那干吗非要孩子时,多莉只觉石破天惊。她一边觉得不对劲,一边情不自禁地想到,如果她没有孩子,是不是生活会好一些?毕竟她自己对安娜承认过是孩子们把"我给束缚住了"。

但她又不敢细想,就像小说开始,她不敢面对真实的自己,不敢承认其实自己就是没办法,只好假装下决心收拾东西要走。

于是只好再次自言自语自我欺骗:"不,我不知道;不过这不对头。"至于哪里不对头,她也没细想。

所谓"不幸的家庭各有各的不幸",许多时候,就是这种情况:被动地拖入某种处境,其实自知根源却无可奈何。

一旦发现有人试图用理智逃脱类似的藩篱,第一反应却是

"那是不是不道德?"

明知道解决自己不幸的答案,却连细想一下都不太敢。

于是不停自言自语自我说服,以便凑凑合合得过且过。

多莉和安娜的对比,就是托尔斯泰惊人洞察力的体现。

话说托尔斯泰这惊人的洞察力是如何实现的呢?

许多评论家认为,托尔斯泰写《战争与和平》时,把自己性情的两面灌注于安德烈公爵和皮埃尔之上。

这技法也很常见:恰如福楼拜写《包法利夫人》之后说"我就是包法利夫人";恰如司汤达写《红与黑》,把自己对女性的渴望都灌注到于连身上去了。

这是小说作者的惯用手法之一:把自己的性格分开,投射到每个人物中去。

越是伟大的小说作者,越是可以直面自己的恶,比如福克纳,比如陀思妥耶夫斯基。有悲悯心的大师,从来不是纯洁如羊羔,而是深深明白自己的恶。

因为是间接写自己,所以,对人性的描写,尤其能够深入骨髓。当然,这需要很坦诚。海勒[1]就认为福克纳从来不忌惮面对人性里的恶,所以写得深。

---

[1] 海勒(1923—1999),美国小说家,代表作品有《第二十二条军规》《完美如金》《天知道》《后时光》等。

巴尔扎克的《高老头》之所以写得漂亮，一方面是因为巴尔扎克观察人细致入微，见的人也多，另一方面是因为《高老头》中高里奥、伏脱冷和拉斯蒂涅，其实就是他自己性格的三面。拉斯蒂涅对老头的怜悯，伏脱冷对拉斯蒂涅的教训，其实是三种人格在互相对话。

大概，对世界、对自己了解越深的人，越能写出有洞察力的文章。

毕竟如上所述：每个人或多或少都在写自传。

18 戏谑与嘲讽

写东西嘲讽一个人不难,可以指名道姓地骂。比如《三国演义》里陈琳骂曹操"赘阉遗丑",那是直接在檄文里说了。

精致一点的,是隐而不露的嘲讽。比如《红楼梦》写贾雨村趋炎附势,葫芦僧判断葫芦案时的描写:

雨村断了此案,急忙作书信二封,与贾政并京营节度使王子腾,不过说"令甥之事已完,不必过虑"等语。此事皆由葫芦庙内之沙弥新门子所出,雨村又恐他对人说出当日贫贱时的事来,因此心中大不乐意,后来到底寻了个不是,远远的充发了他才罢。

这个"急忙",活现出贾雨村攀附权势的模样;"到底",活现出贾雨村没理由也要找理由搞掉他的迫切。

但最好玩的嘲讽，还是让好笑的人自己开口说话、动脑思想，并且让我们看得到。

比如上文下面一段，说薛大傻子呆霸王：

> 薛蟠见英莲生得不俗，立意买他，又遇冯家来夺人，因恃强喝令手下豪奴将冯渊打死。他便将家中事务一一的嘱托了族中人并几个老家人，他便带了母妹竟自起身长行去了。人命官司一事，他竟视为儿戏，自为花上几个臭钱，没有不了的。

最后一句话，直写了薛蟠的做派与行为，不加一句评点，已经显出他的傻与横了。

这种嘲讽，许多人都爱用。作者站在一边，任笔下的人物胡说八道；读者居高临下，可以看得分明。真好。

但还有一种极高明的法子是：作者不要亲自下场，要让小说中的人物，自己说出搞笑的话来。作者不动声色地将心思融在叙述里，这样嘲讽起来，格外地浑然天成。

比如，简·奥斯丁著名的小说《傲慢与偏见》，是嘲讽的经典。纳博科夫说简·奥斯丁[1]有一种"笑靥式的轻嘲"。

---

[1] 简·奥斯丁（1775—1817），英国18世纪末、19世纪初著名的女作家，代表作品有《傲慢与偏见》《理智与情感》《爱玛》《劝导》《诺桑觉寺》《曼斯菲尔德庄园》等。

比如下面这段：

> 最后，她们迫不得已，只得听取邻居卢卡斯太太的间接消息。她的报道全是好话。据说威廉爵士很喜欢他。他非常年轻，长得特别漂亮，为人又极其谦和，最重要的一点是，他打算请一大群客人来参加下次的舞会。这真是再好也没有的事！喜欢跳舞是谈情说爱的一个步骤；大家都热烈地希望去获得彬格莱先生的那颗心。

这段写班太太为了嫁女儿，已经快失心疯了。前面还是在陈述打听来的事，到"这真是再好也没有的事"这句，虽还是叙述，却显然不是作者奥斯丁的想法，而是班太太自己得意忘形：这样就能把女儿嫁出去啦！

作者虽是第三人称，却勾勒出班太太的心理，就讽刺到了。

再举一个例子：

> 但是他的朋友达西却立刻引起了全场的注意，因为他身材魁伟，眉清目秀，举止高贵，于是他进场不到五分钟，大家都纷纷传说他每年有一万镑的收入。男宾们都称赞他的一表人才，女宾们都说他比彬格莱先生漂亮得多。人们差不多有半个晚上都带着爱慕的目光看着他。最后人们才发现他为

人骄傲，看不起人，巴结不上他，因此对他起了厌恶的感觉，他那众望所归的极盛一时的场面才黯然失色。他既然摆出那么一副讨人嫌惹人厌的神气，那么，不管他在德比郡有多大的财产，也挽救不了他，况且和他的朋友比起来，他更没有什么大不了。

这段特别好玩。先是达西条件好，大家都夸他；发现他傲慢后，大家又都骂他；最后，"他既然摆出那么一副讨人嫌惹人厌的神气，那么，不管他在德比郡有多大的财产，也挽救不了他"，显然是大家的想法；末尾一句，尤其神来之笔，"和他的朋友比起来，他更没有什么大不了"——这句话模仿乡下太太们的尖酸口吻，活灵活现啊!

这种手法有个名字，叫作"Free Indirect Speech"，即自由间接引语，可以用来更方便直接地转换人物视点，描述人物心情。

一般作者写小说，读者读小说，多是全知视角，而这个写法下的人物，往往不明真相，所以用来含蓄地幽默讽刺，效果特别好。简·奥斯丁用这个技法出神入化，所以，不用亲自下场发言嘲讽，只要自然地引人物说话——就像画漫画，让人物头上出个白气球似的——就能嘲讽了。

这个手法，我们很熟悉的几位大师都爱用，比如鲁迅先生：

他对于以为"一定想引诱野男人"的女人，时常留心看，然而伊并不对他笑。他对于和他讲话的女人，也时常留心听，然而伊又并不提起关于什么勾当的话来。哦，这也是女人可恶之一节：伊们全都要装"假正经"的。

这一段很自然地叙述着阿Q渴望女人时的不顺遂，最后自然带出阿Q的心思：伊们全都要装"假正经"的。

如果前面特意加上"阿Q想"，就没这么好玩了吧？

比如钱锺书先生：

方鸿渐看大势不佳，起了恐慌。洗手帕，补袜子，缝纽扣，都是太太对丈夫尽的小义务。自己凭什么享受这些权利呢？享受了丈夫的权利当然正名定分，该是她的丈夫，否则她为什么肯尽这些义务呢？难道自己言动有可以给她误认为丈夫的地方么？想到这里，方鸿渐毛骨悚然。假使订婚戒指是落入圈套的象征，钮扣也是扣留不放的预兆。自己得留点儿神！幸而明后天就到上海，以后便没有这样接近的机会，危险可以减少。

这句"钮扣也是扣留不放的预兆。自己得留点儿神"就是作者效仿方鸿渐口吻的想法了。这里描摹方鸿渐自己内心戏多，搞得手忙脚乱的。

再比如张爱玲的《倾城之恋》：

> 到了上海，他送她到家，自己没有下车，白公馆里早有了耳报神，探知六小姐在香港和范柳原实行同居了。如今她陪人家玩了一个多月，又若无其事的回来了，分明是存心要丢白家的脸。
>
> 流苏勾搭上了范柳原，无非是图他的钱。真弄到了钱，也不会无声无臭的回家来了，显然是没得到他什么好处。本来，一个女人上了男人的当，就该死；女人给当给男人上，那更是淫妇；如果一个女人想给当给男人上而失败了，反而上了人家的当，那是双料的淫恶，杀了她也还污了刀。

这一段就是借白家人很八卦的口气，勾勒出一派市井算计嘴脸，还说"双料的淫恶"——嘲讽味也很足了。

《鹿鼎记》里，韦小宝有个仅出场一次的戏精亲随，内心戏很多。当时韦小宝进了书房后，亲随拿了王羲之的烟、褚遂良的墨、赵孟頫的笔、宋徽宗的玉版笺，点了卫夫人的香——这段是戏仿秦可卿招待贾宝玉的那个房间了，也显出亲随肚里有些墨水，也懂得附庸风雅。

好了，戏份来了：

韦小宝掌成虎爪之形，指运擒拿之力，一把抓起笔杆，饱饱的蘸上了墨，忽地啪的一声轻响，一大滴墨汁从笔尖上掉将下来，落在纸上，登时将一张金花玉版笺玷污了。

那亲随心想："原来伯爵大人不是写字，是要学梁楷泼墨作画。"却见他在墨点左侧一笔直下，画了一条弯弯曲曲的树干，又在树干左侧轻轻一点，既似北宗李思训的斧劈皴，又似南宗王摩诘的披麻皴，实集南北二宗之所长。

这亲随常在书房伺候，肚子里倒也有几两墨水，正赞叹间，忽听伯爵大人言道："我这个'小'字，写得好不好？"

神来之笔，就是"既似北宗李思训的斧劈皴，又似南宗王摩诘的披麻皴，实集南北二宗之所长"。好好地叙述着，忽然来这一个，就显得亲随内心戏真是丰富：先觉得是泼墨作画，又自己脑补了皴法。

正在啧啧赞叹时，被韦爵爷一句"我这个'小'字，写得好不好"无情地打断了——这个包袱也就响了。

所以，这大概就是奥斯丁、张爱玲、钱锺书、鲁迅、金庸们都爱用的手法：要让笔下人物显得滑稽，不一定得作者跳出来说话。

只要赋予笔下人物以戏精属性，让他们自己一本正经地胡说八道，也是可以很好笑的，甚至是更高级别的好笑呢。

而奥斯丁运用这手法最典型的一句,便是《傲慢与偏见》的开头:

> It is a truth universally acknowledged, that a single man in possession of a good fortune, must be in want of a wife.

王科一[1]先生的翻译是:

> 凡是有财产的单身汉,必定需要娶位太太,这已经成了一条举世公认的真理。

这话对不对?
当然不对,错得离谱,以偏概全。
这话有趣在哪里?
恰因为这话不对,带着偏见十足的市侩气,还自以为是,所以才好笑。
搞笑点在哪里?
"凡是、必定、举世公认"——如果去掉这几个自以为是的词,

---

[1] 王科一(1925—1968),翻译家,代表译作有《傲慢与偏见》《远大前程》等。

开头就是：

有财产的单身汉需要娶位太太，这已经成了一条真理。

It is a truth, that a single man in possession of a good fortune is in want of a wife.

这话依然不对，嘲讽意味也不如之前强烈。
所以奥斯丁只用了几个斩钉截铁、大而无当的词汇，truth universally，must，就让这句话嘲讽意味十足了。
这手法如此之妙，后来许多前辈都用来反讽。
钱锺书《围城》里，迂腐的方鸿渐他爸说过句大胡话：

女用人跟汽车夫包车夫养了孩子，便出来做奶妈，这种女人全有毒，喂不得小孩子。

这句话里如果去了"全"字，就没那么强的嘲讽意味了。
鲁迅先生的《阿Q正传》里，也是如此：

中国的男人，本来大半都可以做圣贤，可惜全被女人毁掉了。商是妲己闹亡的；周是褒姒弄坏的；秦……虽然史无明文，我们也假定他因为女人，大约未必十分错；而董卓可是的确给貂蝉害死了。

"全、的确"，搞笑点在这几个词上。
所以，最不着痕迹的嘲讽，便是模仿笔下笨蛋的思想，做出从容的叙述。
鲁迅先生有篇小说叫《理水》，讲大禹治水，讲百姓苦不堪言，官员们却不闻不问，以映衬想认真办实事的大禹。
小说开头是：

这时候是"汤汤洪水方割，浩浩怀山襄陵"；舜爷的百姓，倒并不都挤在露出水面的山顶上，有的捆在树顶，有的坐着木排，有些木排上还搭有小小的板棚，从岸上看起来，很富于诗趣。

说受苦百姓"富于诗趣"，就充满了嘲讽意味。
是鲁迅先生这么想吗？不是。
是百姓这么想吗？不是。
是鲁迅先生在模仿那些站着说话不腰疼的官员们这么想。一句话就出了嘲讽意味，也把小说里大部分官僚的嘴脸给显出来了。

和奥斯丁的反讽式开头一比,就有异曲同工之妙了吧?

当然了,把喜剧人物写得搞笑之余,也容易让他们显得脸谱化。最了不起的文笔,是懂得把喜剧人物都描写得很饱满,秘诀就是让他们说傻话时,掺杂几句不那么傻的话。

还是前面所举的《红楼梦》薛蟠的例子。《红楼梦》写薛蟠,最有名的大概是他那四句行令:

女儿悲,嫁了个男人是乌龟。
女儿愁,绣房蹿出个大马猴!

俗到了极处,转一句"女儿喜,洞房花烛朝慵起",让大家觉得他雅了起来。最后立刻给一句"女儿乐,一根××往里戳"。

这个起承转合,比一路写薛蟠傻到底,要有意思得多。

薛蟠还说过一段粗鄙无文的话,但在我心中,算是《红楼梦》里最有表现力,最活灵活现的一句话。当日薛蟠让焙茗以贾宝玉他爹贾政之名,哄骗贾宝玉出来;贾宝玉回头要怪罪焙茗,怪焙茗提自己父亲,薛蟠开始解围了:

好兄弟,我原为求你快些出来,就忘了忌讳这句话。改日你也哄我,说我的父亲就完了。

怎么描写粗人呢？看这个范例：上来就卖爹！还是个已经死去的爹！

然后是薛蟠的一段独白：

> 要不是，我也不敢惊动，只因明儿五月初三日是我的生日，谁知古董行的程日兴，他不知那里寻了来的这么粗这么长粉脆的鲜藕，这么大的大西瓜，这么长一尾新鲜的鲟鱼，这么大的一个暹罗国进贡的灵柏香熏的暹猪。你说，他这四样礼可难得不难得？那鱼、猪不过贵而难得，这藕和瓜亏他怎么种出来的。我连忙孝敬了母亲，赶着给你们老太太、姨父、姨母送了些去。如今留了些，我要自己吃，恐怕折福，左思右想，除我之外，惟有你还配吃，所以特请你来。可巧唱曲儿的小幺儿又才来了，我同你乐一天何如？

这段独白虽短，但极精彩，一连串"这么"，实是神来之笔。但究竟多粗多大？没说。显然薛蟠是在用手比画。整本《红楼梦》里，绝妙好辞不断，唯独薛蟠是个傻子，不读书，没口才，只好仗着手势比画。"这么……这么……"要写笨蛋，再没这么贴切的了。

四体不勤五谷不分的公子哥儿，如现纸上。"不过贵而难得"，钱就不算个事了；"亏他怎么种出来"，到此为止，已经把这个傻子写得很鲜明了。

如果继续这么嘲讽下去,就没劲了吧?然而,转了:

> 我连忙孝敬了母亲,赶着给你们老太太、姨父、姨母送了些去。

居然还是个孝敬母亲,懂得礼仪的人?而且"连忙""赶着",不但知礼,还挺殷勤呢!

> 如今留了些,我要自己吃,恐怕折福……

居然还是个懂得惜福的人?
这一连两句,把薛蟠又描写得眉目清秀起来。
然而到最后,终于还是:

> 左思右想,除我之外,惟有你还配吃,所以特请你来。

这句话也是粗暴版的"天下英雄,使君与操"了。既自高自大自命不凡,却又难得心里还揣着贾宝玉,让人哑然失笑。
这短短一段话,粗鄙无比,却把薛蟠这人给画齐了:

——亲爹都能随口送掉,粗鄙,没文化。

——只好靠"这么粗这么大"的比画,形容好东西,呆子。

——"不过贵而难得",纨绔子弟。

——刚让大家觉得他没文化了,却又显出孝敬母亲,懂得礼节,还有惜福的一面,好像还有点救。

——立刻又自高自大,"除我之外,惟有你还配吃",又变成个大傻子了。

《红楼梦》有文辞委婉细致幽深的一面,也有漫画化手法的一面。薛蟠出场少,没有长篇累牍的文辞句子可以抒写胸臆;但就这一段独白,没有评点,就能把粗鄙无文、孝母知礼、自鸣得意的大傻子一波三折地跃然纸上。

最顶尖的趣味,就是既让笨蛋说傻话,又要给他们些小亮点,如此人才鲜活。比如做咸辣菜,下一点糖才提鲜。

19　如何讲好一个轻盈的故事

威廉·萨默塞特·毛姆是个非常聪明的小说家。

他聪明得如此游刃有余,如此富有幽默感,发之于小说,就经常显出俏皮,甚至有点毒舌了。

他很擅长创造一个道德上并不完美,但惹读者喜爱的角色——具体是怎么办到的呢?

以他最有名的小说之一《月亮和六便士》而言,结尾极体现他的趣味。众所周知,那部小说里,毛姆以一个旁观者的视角,描述了以大画家高更为原型的查理斯·思特里克兰德,如何为了绘画的热情,抛弃自己在世俗社会累积的一切,跑去塔希提画画,终于为了梦想殉死。毛姆也描述了留在文明社会中查理斯的那些亲友们,如何假装引经据典地、道貌岸然地认为查理斯之死是自作自受。

毛姆并没有公然表达自己的爱憎,只是幻想着已故的思特里

克兰德在塔希提的孩子,如何在碧空与太平洋间舞蹈;最后以自己的亨利叔叔之言结束小说:

> 魔鬼要干坏事总可以引证《圣经》。

这就是毛姆的风格。他对查理斯·思特里克兰德这种为了自己的梦想,在边陲之地以文明人无法理解的方式结束人生的角色,显然颇为欣赏;与此同时,他鄙夷文明社会道貌岸然的评断者。

但毛姆的赞赏与鄙夷,又表达得很含蓄,因为他是个聪明人。他不喜欢虚伪的崇高,因此喜欢嘲讽一切——对他所欣赏的,他会嘲讽得温柔些。

他太聪明了,对尺度和分寸把握得很好。如果读细一点,您会发现,他许多玩世不恭的毒舌,只是一种姿态。骨子里,他是个情怀深沉的小说家。只是他很喜欢用毒舌来遮盖自己,不肯直白地表达赞美而已。

在他的短篇小说集第三辑自序中,他如是说:

> 关于这些故事,我有一点要在此说明一下。读者会注意到,我的许多故事都是以第一人称"我"创作而成。这是一种非常古老的文学惯例。仲裁者佩特罗尼乌斯便使用这样的创作手法写成了《萨蒂利孔》;在《一千零一夜》中,很多故

事也是以这样的方式讲述的。使用第一人称"我",当然是为了让故事显得真实可信。毕竟,要是有人告诉你,他说的就是发生在自己身上的事,那比起他讲其他人的故事,你肯定更相信前者是真的。从讲故事的人的角度说一个故事还有个好处,那就是他只需要把他知道的讲出来,至于他不知道和无法知道的,就留给听故事的人去想象了。以前有些小说家在使用第一人称时就没有注意到这一点,他们不光会写一些他们根本不可能听到的大段对话,还会描述他们绝对不可能看到的事件。如此一来,第一人称叙事方式所具有的真实性这个巨大优势,也就无从谈起了。作为写故事的人,"我"与故事里的其他人一样,都是角色,可能是个英雄,也可能只是个旁观者,更可能是某个角色的密友;但这个"我"也只是小说里的一个角色。作者使用这种手法是在创作小说,如果作者让故事中的"我"比作者本人反应更快、更冷静、更精明、更勇敢、更具独创性、更机智、更聪明,那只好请读者多多包涵了。各位读者,请记住一点,作者不是在描写他自己,而是为了故事创造了一个角色。

如此直白地说明自己的技法,正是他的风格。
在短篇小说《带伤疤的男人》里,毛姆用了一个轻巧的方式讲故事。

题外话,阿根廷大文豪博尔赫斯在他的小说《刀疤》里,曾使出这种技法:施害者因为惭愧,于是站在受害者角度讲完了一个故事,结尾完成了大转折,承认自己就是那个恶人。

毛姆则是这样讲故事的:

当被问起一个人物脸上伤疤何来时,知情者讲了一个极富传奇色彩的、充满蛮荒风味的残忍故事,待读者被故事震撼后,才发现翘首期盼到结尾的这个故事,好像和伤疤毫无关系。于是作为叙述者的毛姆,自然要替读者再问一句:那伤疤到底哪来的呢?

答:来自一杯姜汁汽水……

忽然之间,这个惨烈故事的凝重意味,就被这句"姜汁汽水"消解了。

这种带点喜剧意味的轻盈,毛姆用得很熟练。

在另一篇小说《逃脱》里,一个男人想摆脱一个死缠烂打的伴侣,却又不好用强,于是无休无止地带伴侣看房,又总不满意,如此一个拖字诀施展到最后,女方厌倦了看房,写信来要分手。男方心愿得遂,赶紧回一封信,除了情致殷殷地告别女方之外,另附上了七份看房名单。

这个"七份看房名单",就是毛姆喜剧精神的体现了。

这种作为点睛之笔的喜剧结尾,再结合毛姆的讽刺精神,很容易凑成有趣的故事。

比如,《午餐》这篇小说里,毛姆刻画了一位矫揉造作的太太。满嘴这不肯吃那不肯吃,还一直劝"我"要少吃,却在不知不觉间点了鱼子酱、鲑鱼、芦笋、冰激凌和咖啡,肆意大吃,吃干抹净之后,还要以过来人的身份劝诫"我",千万不能多吃——明明在这个故事里,"我"只吃了一块羊排。

如此一个故事,如何收尾呢?毛姆只一句话:

> 我认为我不是个报复心很强的人,可是当不朽的诸神插手干预时,即便是幸灾乐祸地旁观别人倒霉,也是可以宽恕的。如今她体重近三百磅。

这句结尾多少有些刻薄,带着一种很私人的幸灾乐祸之情。但让读者看了之后,会忍不住大笑。

如上所述,毛姆对各色道貌岸然者的劝诫,都相当反感。他也喜欢用反常规的结尾,来颠覆我们的认知。

大概,毛姆太聪明了,所以不肯跳到前台讲大道理。他喜欢点到为止,不落俗套地讲故事,经常嘲讽地反转一些我们可以想见的俗套剧情。

在《生活的真相》这个故事里,一个爸爸以自己的人生经验对儿子提出要求:不赌博,不借钱,不要跟女人纠缠不清。

这道理听来颇有禁欲气息,虽然言之有理,但正确得很无趣。

如我们所知,一切规矩都是用来打破的。果然故事之中的这位少年,经历一趟神奇旅途,将一切规矩都破了一遍:赌钱了,借钱了,还有了艳遇——但最后阴差阳错,不但毫无损失,还凭空得了六千法郎。

这就让老爸烦恼不已,结尾引出了一句妙语:

> 我相信你儿子天生好运,从长远来看,这可比天生聪明或天生富贵好多啦。

这个故事如此有趣,以至于古龙在他的《碧玉刀》中,借用了这个结构。

当然,如果只将毛姆看作一个嘲讽又喜欢反转的作者,那又太简单了。

如毛姆自己所说,他喜欢用第一人称,是因为"他只需要把他知道的讲出来,至于他不知道和无法知道的,就留给听故事的人去想象了"。对习惯于作者用全知视角讲故事的读者而言,这有些奇怪:毕竟如此一来,"我"只能讲述故事的一部分而已。

但毛姆很擅长通过讲述片段而勾勒出故事的全貌。

海明威曾说过:"当你对自己想讲的故事成竹在胸时,只讲其中一部分,反而有助于故事的魅力。"

毛姆自然没海明威那套"冰山理论",但他很擅长这样讲故事：讲一部分，剩下的，您自己揣度。

比如，在《无所不知先生》里，"我"是个不明真相的看客，站在一个旁观视角，自"我"眼里看来，故事主角、自称无所不知的克拉达先生，开始似乎是个惹人讨厌的家伙。

在社交场合，克拉达先生不经意间，说出拉姆齐太太戴的项链昂贵之极，值三万美元；拉姆齐先生则认为，那项链只是太太从低等铺子买的，只值十八美元——这里得注明一句，拉姆齐先生和太太，是有一段时间两地分居的。

克拉达先生要求鉴定项链，还和拉姆齐先生打赌一百美元，拉姆齐太太紧张至极。

见此情状，一向无所不知的克拉达先生，忽然决定认输，说自己看走眼了，那项链的确就是个廉价首饰，就此输给了拉姆齐先生一百美元。

次日早上，"我"目睹克拉达先生收了一封匿名信，信中藏着一张一百美元。克拉达先生只说了一句："如果我有一个年轻漂亮的妻子，我不会让她在纽约住一年，而自己待在神户。"

故事到此为止，其实已经很明显了。

毛姆只讲了"我"所见的故事，那是个打赌认输的故事。背地里却显然是拉姆齐太太另有外遇，收了情人昂贵的项链，还哄骗丈夫。克拉达先生明白真相，为了保护拉姆齐太太，于是自愿认输。拉姆齐太太感恩图报，奉还了这笔钱。

但这故事如果都说穿了,就没有那么巧妙婉转了。

很值得一提的是,克拉达先生这个形象的塑造,又是毛姆一贯的手法:先抑后扬,看似恼人刻薄,实则暗藏温情与人方便,甚至还有几分体贴入微呢。

对道貌岸然自以为是的人,毛姆讽刺起来,很是不留情面。而类似拉姆齐夫人这样的女性,他笔下却常手下留情。

《表象和现实》这篇小说,毛姆自称是嘲讽法国人的,故事也的确很有老法国味道。

说一个法国的勒绪尔先生,找了个情人莉赛特,是个美丽的商店女郎。勒绪尔自以为遇到了爱情,颇以此为荣,自得其乐,过上了典型的"有情妇的成功男人"的生活。

等他仕途有成,得以执掌内务部时,回家却发现莉赛特另有一个情人。他大受打击之余,质问莉赛特,而莉赛特的回答轻盈而灵巧:

"为什么喜欢他?因为他年轻啊!"

"我爱哪个呢?两个都爱!"

实际上,莉赛特的回答相当可爱,她对勒绪尔先生说:"我爱你是因为你善良慷慨。我爱他是因为他有一双好大的眼睛、一头波浪形的头发,他跳舞跳得极好。"更在劝勒绪尔先生时,说了一句分量十足的真理:"人这一辈子,不可能什么都拥有的。"

勒绪尔先生企图完全占有情妇,本质是他太贪心了。

这就有点像《笑林广记》里的段子了:问一女子,东家郎君富,西家郎君俊,跟哪家呢?女子答曰:东家吃饭,西家眠。

故事最后,以一种荒诞的方式结束:莉赛特和她的情人结了婚,反正那位情人也时常不在巴黎,于是她继续与勒绪尔维持着情人关系。

勒绪尔先生于是心满意足了,还自以为是地觉得,自己的这位情人先前是个商店女郎,如今是个体面的已婚女子了!

毛姆自己曾经到处旅游,见到过各种文化风貌。他深知甲之蜜糖乙之砒霜的道理,对忠于本心者,无论出于哪种文化背景,都颇为欣赏;对教条主义者,他可就不留情面了。

他很喜欢从一点开始,慢慢让情节跨入无法弥合的地步,终于超出常规,无法控制。

即,他很擅长描述一个教条主义者慢慢崩溃的过程。

在《雨》这个故事里,一个主要人物,是个在异域传教的教士。用毛姆在《月亮和六便士》结尾的说法:"魔鬼要干坏事总可以引证《圣经》。"

《雨》的这位主角即是如此。

他在传教时狂热地宣扬教义,甚至不惜运用自己的身份和权力,压迫不服从他教诲的人们,并自以为在替天行道。他如此相信自己的道德教条,到了僵硬的地步。

故事中,他去试图教诲一位烟花女子,一度进入了亢奋状态。

到故事结尾,他却自杀了。

烟花女子在结尾说了句"所有男人都一样",暗示了真相:显然教士没能抵抗住诱惑,与这位烟花女子有染;于是他一直赖以维持自尊自信与生命信条的道德教条,就此崩溃了。

他过于秉持自己的教条,甚至不惜以此来控制他人,终于反噬了自己。

上面三个故事,除了男主角多是被社会规范束缚的道貌岸然者之外,女主角也有其共通处:她们都不算道德上的完美无瑕者,但都有自己的想法与情感。

对毛姆而言,他喜欢这样的角色:并不追求道德完美无缺,活出自我即可。他见惯了道德伪君子,又深知不同文化中的不同规范,如何紧紧束缚着人类,所以格外喜欢描述那些文明的叛逆者。

我们说到叛逆者了——这可能是毛姆笔下最典型的角色。

他的小说《月亮和六便士》《刀锋》都花大笔墨描述过这类主角,而他的短篇中,也有精彩段落。

比如《法国人乔》中,一个老人经历了各色可以想象的传奇,在垂老之际如是说:

"我是个怀疑论者。我从没见到过任何一个迹象可以证明世间万物的安排中有什么精心设计的目的。如果宇宙真的是由某个造物主创造出来的,那个造物主也只可能是个犯罪的蠢货。反正我在这个污浊的世界也待不了多久了,我很快就会亲眼看到世间万物的真谛了。我什么也不需要,我只想死。不过眼下你要是能给我一包烟抽,我会感激你的。"

先前那番话,堪称离经叛道;而最后这句"一包烟",起到了类似于那个人的伤疤来自"姜汁汽水"似的轻盈效果,瞬间就将似乎沉重的话题变轻快了。

但当毛姆认真讨论这种问题时,他是可以很严肃的。最典型的一篇,便是《大英远洋客轮之旅》。

女主角身经不愉快的婚姻,丈夫有了外遇,她决定坐船回英国。

她在船上遇到一个男士,然后目睹他生病。与所有的俗套故事相反,他俩之间没有什么浪漫传奇,她只是看着那位先生病故,看到那位先生死去后,船上的人依然各顾各的。

那时毛姆留下了一段不那么嘲讽的、严肃的、抒情的段落:

年复一年,他规划着自己的未来,他多么渴望活下去,他有那么多的人生追求,可是就在他刚刚伸出手——噢,这太悲哀了!面对这样的悲哀,世界上的一切苦难都显得微不足道。唯有死亡,充满神秘的死亡,才是决定一切的。哈姆林太太从栏杆上探身出去,望着满天星空。人为什么要让自己不快乐呢?让他们去为自己心爱之人的离世而伤心落泪吧,死亡总是可怕的,可是除了死亡的可怕之外,其他那些事也都是值得的吗?有什么事值得我们痛不欲生,心怀恶意,虚荣计较,丧失善心?她又想到了自己和她的丈夫,还有那个她丈夫莫名其妙爱上的女人。他自己也说过,我们的快乐生活很短暂,死亡却是漫长的。

这段话恰如毛姆自己所说过的:"看见人们如何死去,如何忍受痛苦,看到了希望、恐惧与释然。"

所以他了解人性,不希望人类被各类枷锁控制。他希望人类可以背叛各类枷锁,获得长久的快乐。当然,许多时候他太毒舌,会用嘲讽消解这份真诚——比如"给我一包烟抽"——但本质上,他是个真诚的作者。

毛姆所处的时代,正是文学革新之时:托马斯·曼[1]小他一岁,詹姆斯·乔伊斯[2]与弗吉尼亚·伍尔夫[3]小他八岁。这几位大师在21世纪前二三十年们分别创作新文体时,毛姆依然在试图讲

---

[1] 托马斯·曼(1875—1955),德国作家,1929年获得诺贝尔文学奖,代表作品有《堕落》《布登勃洛克一家》《魔山》《约瑟夫和他的兄弟们》等。

[2] 詹姆斯·乔伊斯(1882—1941),爱尔兰作家、诗人,后现代文学的奠基者之一,代表作品有短篇小说集《都柏林人》、自传体小说《青年艺术家的自画像》、长篇小说《尤利西斯》等。

[3] 弗吉尼亚·伍尔夫(1882—1941),英国小说家、评论家,代表作品有《达洛卫夫人》《到灯塔去》《奥兰多》等。

好一个故事。

毛姆显然知道伟大的作品应当有怎样的分量,应该如何革新,但以他及时行乐的性格,自然不愿意刻意为之。

所以到晚年,毛姆自称身处于"二流作者之中的前排"。

他自知没有托尔斯泰与巴尔扎克们的磅礴激情,似乎也并不想做雨果那样的大文豪,亦无意成为大革新者。他深知要留下传世作品,便得讨好大众读者或评论家,但他对此并无兴趣。

他就喜欢这样子写作:优雅、简洁、敏锐地观察;带着好奇心与同情心,毒舌地刻画人物,创作一幅幅多层次的肖像,嘲讽各色装腔作势的教条主义者,批判又同情地描绘那些逾规越矩却活出自我价值的人们。

于是他能写得逼真、毒辣又轻盈。

只是因为他许多时候太聪明,所以连毒舌背后的真诚与温柔,都经常显得隐约。

20　跟海明威学"工作"

每个伟大作家,都不免有些标签。

我们现在说到海明威,他的标签是:硬汉作家、冰山风格、《老人与海》。

哦对了,还有"迷惘的一代",Lost Generation。最后这个,值得多说一下。

话说海明威当年出版小说《太阳照常升起》时,扉页献词是美国女作家——他在巴黎的前辈,格特鲁德·斯泰因[1]——说过的"你们都是迷惘的一代"。因为这本书红了,这个说法也就红了。以后文学史上就说海明威是迷惘的一代了。

---

[1]　格特鲁德·斯泰因(1874—1946),美国作家、诗人。代表作品有《世界是圆的》《三个女人》《温柔的纽扣》《艾丽斯自传》等。1924年夏天,斯泰因在与海明威交谈时,把参加过第一次世界大战的青年称为"迷惘的一代"。

但在海明威后来的回忆录《流动的盛宴》里，有另一种说法——前些年，我翻译过海明威的《流动的盛宴》，所以我还算熟。话说20世纪20年代，海明威在巴黎，斯泰因女士论年纪可以当他妈妈了，也住在巴黎，算海明威的前辈。某天，她跟一位修车青年闹点不愉快，就对海明威撒气：

"别跟我争辩，你们都是迷惘的一代。"

海明威自己刚经历了一战，一向觉得自己严以律己，听斯泰因这话不顺耳。

他走到丁香园咖啡馆，看着内伊元帅的雕像——内伊元帅是拿破仑的部将——想象1812年法军从莫斯科撤退，内伊率军殿后，且战且退时，何等的孤独。

海明威就说了：每一代人自有其迷惘，所以，什么是迷惘的一代？凭什么就给一代人下结论了？

"那些肮脏轻率的标签，还是都见鬼去吧！"

所以他当时在书扉页写"你们都是迷惘的一代"，本来是想反讽斯泰因女士的，结果，好，成了自己的标签了。

海明威其实不觉得自己是迷惘的一代，或者说，他觉得每代人都迷惘。结果文学史就认为他是迷惘的一代。

类似的误解呢，还有很多，咱们慢慢来讲。

海明威的写作生涯如果要分阶段，我私人分三个阶段：

跟第一个太太哈德莉·理查森在巴黎的时候，那是他的青年期；

跟第二个太太保琳·费芙，以及第三个太太玛莎·盖尔霍恩的时候，那时他在欧洲和美国到处跑，是他的中年期；

他跟第四个太太玛丽在古巴岛上的时候，那是第三个阶段了。

海明威 1899 年生在芝加哥，童年在湖边农家度过，所以他从小就喜欢野生动物，喜欢打猎、钓鱼、露营，喜欢旅行。他上高中时体育课很好，喜欢拳击、足球。他身体很壮。

高中毕业，他在《堪萨斯星报》当记者。这对他影响深远。后来接受《巴黎评论》采访时，海明威说：在《堪萨斯星报》工作，你得学着写简单的陈述句，这对谁都有用。

新闻工作对年轻作家没害处，如果能及时跳出，还有好处。

及时跳出的意思是：你当记者当久了，也不行；但当记者，是对写作有帮助的。

他又说他写作的唯一的技术问题是找到准确的词。

他很讨厌大作家亨利·詹姆斯[1]那种小说，他说他讨厌"电话簿一般厚的小说"，讨厌一大堆形容词。

19 世纪的大作家，比如巴尔扎克，比如托尔斯泰，他们是试图描述一切。后来像亨利·詹姆斯这些作家，也是不厌其烦地给

---

[1] 亨利·詹姆斯（1843—1916），美国小说家，美国现代小说和小说理论的奠基人，代表作品有《一位女士的画像》《鸽翼》《专使》《金钵记》《黛西·米勒》《螺丝在拧紧》等。

出庞大文本，以便细致、忠实地还原世界。

福楼拜是一个异类：他以为叙述者应隐介藏形——在被艾琳娜·马克思赞为"清澈优美"的《包法利夫人》中得以体现。

福楼拜对雨果的意见是泛滥的主观评述，对海明威则更甚：他像个园艺匠一样剪掉了所有多余的枝节，以及所有可有可无的章节。

实际上，海明威在巴黎期间就总结了：他连已有的章节都不想写。

但他很喜欢《战争与和平》这个大部头，因为托尔斯泰描写战争场面特别好。

就是说，海明威是个非常在意描写是不是真切的作家。

海明威之后经历了一战，还受过伤，谈了次恋爱，爱上了一个叫安格妮·库洛斯基的修女，没成。这个故事，后来他写进了《永别了，武器》，这是后话。

1921年海明威二十二岁，娶了哈德莉·理查森，然后他们去了巴黎。之后的生活，都记录在《流动的盛宴》里。可以说海明威当时积累起了后来的风格。有许多细节，是很值得普通人学习的。

比如，他习惯很早起床写作。

比如，他读很多很多书。

比如，他总在写得最流畅的时候停下来，这样第二天，他能知道怎么重新开始。

然后每次他写不下去时,他就说:写下你所知真实的句子。如果他写得过于雕琢,他就回头都删掉。然后呢,从停笔不写直到第二天重新开始的那段时间,不去想所写的东西。

他很擅长描写自己看到的一切,然后纳入自己的故事里。比如在咖啡馆,看到一个美女,海明威就想:我看到你了,美人,你现在属于我了,无论你在等谁,无论我是否还能再见到你。

《百年孤独》的作者加西亚·马尔克斯后来夸过海明威,说他有类似照相机一样的能力:他看到什么,什么就属于他,他就能描写得栩栩如生,成为他故事的一部分。

最重要的一点,虽然许多人都说作家要靠灵感,但海明威觉得,应该依靠纪律,应该依靠稳定。他就像个运动员一样要求自己。他说,身体健康,经济宽裕,对写作是有帮助的。

然后呢,他的故事的素材,他自己后来说他在巴黎的写作岁月里,除了他自己的经验,还有他朋友与熟人们的经验与知识。

他还有一个原则,就是:只要他自己知道故事的原型,那么,他只讲这故事的一小部分,读者也能感受到整个故事是怎么回事——这就是他后来"冰山理论"的起源。

就这样,他在丁香园咖啡馆完成了《太阳照常升起》,这个小说一炮而红。

小说是在丁香园咖啡馆花六个星期写完的,之后又在西班牙修改完成。

情节上，有许多是海明威自己的经历，然后描述的是一战之后，一代人的迷惘与厌倦。男主角因为无法和女主角真正在一起，所以失去了荣誉、信念和希望。

这部小说很出彩的地方，是海明威在巴黎锤炼出来的风格：凝重、朴素、刻画精确，场面特别有画面感。

从此海明威一举成名，但也在此前后，他跟与自己同甘共苦的第一任妻子哈德莉分手，跟第二任妻子保琳·费芙好了。

娶了费芙之后，海明威回到了美国。当时他也出版了自己的短篇集《没有女人的男人们》，后来村上春树出过一个同名小说集向他致敬。

这其中最有名的大概是《白象般的群山》和《杀手》，艺术价值非常高。

《白象般的群山》据说是由海明威自己在旅途中看见的案例写成的故事。看似是描述男女对话，男人用各种手段哄劝女人做个手术，暗示男人希望女人堕胎。

这个小说从头到尾都没写得太明白，是所谓"冰山理论"的典型。

《杀手》则讲两个杀手来到酒吧，用一种很冷暴力的方式，说要杀一个拳击手，他们用一种乖戾、玩世不恭的架势，用调侃的对话营造压力。

然后主角跑去通知拳击手，却发现那家伙根本不想逃，还说让他们来杀好了。

然后主角回去了，觉得太压抑了。

这个故事中有一种安静的暴力，没有夸张的动作，只靠语言就营造出了那种氛围。题外话，后来昆汀·塔伦蒂诺[1]的《低俗小说》，开头那两个彬彬有礼的杀手，我就觉得很有这点味道。

这也是海明威的妙处：这个故事背后，杀手跟拳击手有什么恩怨，杀手们有没有干掉拳击手，不知道。主角就只是旁观这一切，描述动作，但那份凝重的压力，就在对话时无形中蔓延出来了。

所谓"冰山理论"就是：冰山在海面以上，只有一小个尖；海明威就是描述这一点尖，余下的部分，大家自己感受。

值得一提的是，海明威写得很快。他把自己写小说比作钓鱼，比作其他体育运动，说写东西也要看运气，如果感觉来了，可以一气呵成。像这个小说，还有《十个印第安人》和《今天是星期五》是在一天之内写成的。这是他勤劳的结果。

海明威娶了保琳·费芙之后，就离开了巴黎。

很多年后，在《流动的盛宴》里，海明威如是说：

---

[1] 昆汀·塔伦蒂诺（1963— ），著名意大利裔美国导演、编剧、演员、制作人。执导的电影代表作品有《落水狗》《低俗小说》《杀死比尔》《杀死比尔2》《被解救的姜戈》等。

"当写作结束后,身边有了两个诱人的姑娘,其中一个新奇又陌生,如果这男人够倒霉,他就会同时爱上她们俩……所有的邪恶都从天真无邪中开始……你说谎,你厌弃说谎,谎言摧伤着你……"

1926年3月,海明威去了趟纽约,跟出版商谈出版事宜。依照多年之后海明威的说法,他应该回到巴黎,立刻坐第一班火车去奥地利,和哈德莉会面,但他爱的那位姑娘正在巴黎,因此他没有乘第一班火车,也没有乘第二班、第三班。

1930年年底海明威车祸右臂受伤,住了七个星期医院,长达一年间举动困难,保琳·费芙照顾着他渡过了难关。1933年,他和保琳·费芙去东非玩了十个星期,这段旅途为海明威提供了无数非洲故事的素材。凭借这些经历,他写出了著名的《非洲的青山》《乞力马扎罗的雪》和《弗朗西斯·麦康伯短促的幸福生活》。很奇怪,在这些小说里,都有一个家资富裕,但并不了解主角内心的女主角。尤其是《弗朗西斯·麦康伯短促的幸福生活》里,女主角有意无意地还枪杀了男主角。

这段时间,海明威应该过得并不是很开心。

所以他笔下的作品也就很沉郁。

这个阶段,他先根据自己在一战时的经历,写下了《永别了,武器》。因为他确实经历过战争,所以写来很熟悉。

小说结尾有一段很著名,就是主角很难过时,要一个人待着：

"你出去，那位也出去。"

只用一句话，就描写清楚了当时室内有三个人，还写清了主角的心情。

没有多余描述。评论家说这段写得很海明威。一句话，一个人物性格，当时的情景，人数，都出来了。

《乞力马扎罗的雪》和《弗朗西斯·麦康伯短促的幸福生活》这两部作品特别好玩，前者是半自传体，意识流，写一个作家垂死之际，回忆自己的一生。写他是被自己的有钱老婆带到现在地步的。这篇小说妙在有非常浓重的自传色彩，有许多细节，后来在《流动的盛宴》里出现过。

这是海明威第一次非常明白地面对一些终极话题，他设定主角要死了，于是在直面死亡时，回头看往昔种种。就像乞力马扎罗上冻僵的豹子——到这么高来干什么？

在死亡面前，主角的精神得到了升华。

另一个故事呢，写一个男人打猎时害怕了，就看自己的老婆和猎人，觉得他们看不起自己，有别的想法；到他终于重新勇敢起来的时候呢，却在打猎时，被他老婆不知是真是假地一枪误杀了。

这两个故事里，海明威都描述了面对死亡、恐惧和克服恐惧的问题。

当然，这两个小说里，主角的妻子，形象都不太好。

那段时间，海明威又写了《午后之死》，写西班牙斗牛。他认为斗牛是悲剧性的艺术，很庄严，很美丽。那段时间他还有本书叫《胜者一无所获》。

可以说那段时间，海明威处于一种奇怪的焦虑之中。他小说里透露出来深切的男子汉的悲哀。这段时间他的身体应该开始不太好了：长期失眠。与此同时，他其实不太喜欢待在美国。他觉得自己不自由。他觉得自己克服了命运，但还是一无所获。

就像《永别了，武器》中冒雨归去的主角，《太阳照常升起》里无法与爱人在一起只得淡淡解嘲的男主角。

海明威的小说就是胜利无用，赢家一无所得，但他依然要去克服，于是形成了悲哀的空虚。

有个短篇叫《世界之都》，里头有个男孩帕科，太爱斗牛了，跟其他人玩斗牛游戏，结果被误杀了；反过来，他周围那些真正的斗牛士一个比一个痛苦。就是说，在海明威的小说中，硬汉们总带着天真，然后被世界纷纷击碎、泯灭。

之后海明威去参加了西班牙内战，跟费芙分手，娶了第三任妻子玛莎。然后又跟玛莎分手，娶了第四任妻子。之后他就去了古巴，躲在岛上。

然后，就进入他的晚年了。

海明威晚年住在古巴，过海岛生活。当时他在岛上养猫、狗和鸽子。我们也说过了,海明威骨子里是很喜欢大自然的。

当记者问及为何长居此处时,他提及了捕鱼的乐趣和 18 棵杧果树,以及"在电话上遮一块布就可以安静写作"。

当时他还是保持着自己的工作状态。他把每天的工作进程记录在一张大表格上以防自欺欺人。

这张工作表用包装盒侧面的硬纸板制成,立在墙边,上面悬挂着一个小羚羊头标本。表格上的数字代表每天产出的文字量,从 450、575、462、1250 到 512。高产的日子一定是因为海明威在加班工作,免得因为第二天要去海湾小溪钓鱼而内疚。

虽然年纪大了,而且伤病累累,但他还是一丝不苟,非常认真地写作。

然后,1952 年,他出版了《老人与海》。

这本小说,他本来想写到一千页以上,把村子里每个人都写进去,包括他们怎么出生、受教育、谋生、生孩子等等。

但后来他决定不写那么多。"冰山理论"嘛,写一部分就可以了。

小说的情节我们都知道。老渔夫圣地亚哥,八十几天没捕到鱼了,结果出海,钓到一条大得要命的鱼,有五米多长,大得把船拖着走。然后老渔夫跟鱼耗了两天两夜,终于杀死大鱼,把它拴在船边,但许多鲨鱼立刻前来抢夺他的战利品。老头拼尽全力、用尽一切可用的武器——杀死它们,但大鱼已经被啃光了,最后老渔夫拖回一副鱼骨头。大家看着骨头惊叹，但也有误会的，比如一些游客就以为那是鲨鱼，而老头在梦中回到他年轻时去过的非洲。

现在我们说这个小说都是那句话：一个人可以被杀死，但不能被击败。

1954年他得诺贝尔文学奖时，奥斯特林对《老人与海》的评价："勇气是海明威的中心主题……勇气能使人坚强起来……敢于喝退大难临头的死神……"

但反过来，小说又是海明威20世纪30年代的那个主题：赢家一无所得。

老渔夫赢了，但什么都没有，而且还要被误解。胜利是没有用的。

所以这个故事很庄严，也很悲哀，但还是很勇敢，就是这么一个复杂的故事。

海明威把这个故事写得很简洁。之前他写《过河入林》时不太成功，所以他就改了点风格。加西亚·马尔克斯认为，是《过河入林》催生了《老人与海》。

我觉得值得一提的是，《老人与海》的节奏安排特别好。一个老渔夫跟鱼闹腾，情节很容易就写枯燥了。

海明威基本是把小说分成三个部件然后拼合在一起的：描述一段老渔夫跟鱼斗争的现场；老渔夫自己的回忆插进来；老渔夫自

言自语一番。

叙述、追溯、对白，这样反复穿插，文本就不显得枯燥了。

然后因为他描写场景特别细致精巧，所以我们就关注着鱼，关注着老渔夫，看老渔夫如何疲倦，如何换手，如何单手吃鱼，这些细节描述都是海明威的本事。

当然，这个小说可以有许多象征。比如老渔夫就是海明威自己，鱼就是他捕捉到的灵感，他跟鱼对耗的过程，也就是他写作的过程。比如鲨鱼就是评论家，海明威最讨厌评论家。但海明威自己说，这小说没有象征意义，就是捕鱼。

《老人与海》妙就妙在以非常丰富的形式，完成了简单但不枯燥的故事；但又因为简单和悲壮，显得十分特别。

到20世纪60年代晚期，海明威写了《流动的盛宴》，回忆自己早年在巴黎的经历。

实际上，他在许多作品里，一直在回忆自己早年在巴黎和西班牙的生活。

《流动的盛宴》最后一章，他一个朋友希普曼说，趁着我们都还没死，就写一点只有我们记得的东西吧。

那时他年纪已大，已经功成名就，但朋友们也相继离散，只余空虚。他想写下一点东西，记录他在巴黎还未成名的穷困时光。这里有甜蜜，有追悔，但更多的是生活。

也许从这本书里，我们能发现一点真正的海明威——毕竟他其他的作品都是小说，是虚构作品，是他刻意埋藏的冰山。到《流动的盛宴》，他老了，可以大方地谈论自己年少时的穷困、迷惘与爱情了。实际上，他写这本随笔集时如此放松，放松到有些段落里语病不断——不过没放进初版——那是边回忆边写的证据。海明威初次从莎士比亚书店回家时，和他第一任太太有如下的对答：

"我们回家吃饭，我们吃一顿好的，从窗外那个合作商店买点博纳红酒喝——你看窗外就看得见酒价了。回头我们就读书，然后上床，做爱。"

"而且我们只爱彼此，永不变心。"

"永不变心。"

"这样过个下午和晚上多美好啊。现在我们得吃午饭啦。"

"我饿得很。"我说，"我在咖啡馆靠奶油咖啡支撑一上午呢。"

"写得怎样，塔蒂？"

"我想还好。但愿吧。午饭吃什么？"

"小萝卜，香喷喷的牛肝配土豆泥，莴苣沙拉，苹果派。"

"我们可以读到世上所有的书，我们出去旅行时，还可以带上读。"

这就是他晚年的风格，其实没那么硬汉了，有种温柔又悲哀的感觉。

我私人觉得，海明威就像一个军人、一个渔夫、一个体力劳动者，认真对待写作。

他试图用科学的、规律的方法维持自己写作的状态。

归根结底，海明威作品的基调是悲哀的。胜者一无所得，只有努力面对。他的文笔简单朴素，很酷，很清爽。这和这种庄严的悲哀很是契合。而这种风格，是他早年在巴黎锤炼出来的，或者说更早，作为《堪萨斯星报》记者锤炼出来的。

当然，还有一点，就是执行力。年轻时菲茨杰拉德说，当自己也写点不那么好的东西用来挣钱时，海明威就不理解，他认为自己就该写出最好的东西来才对。

海明威真的是一个非常努力的作家。

21　克服"写作拖延症"

许多人都乐意相信,大师随随便便就能写出好东西。

但其实不是的。

众所周知,门德尔松[1]可能是除了莫扎特[2]和舒伯特[3]外,最依靠天才灵感的作曲家。但他的工作态度,参考这个故事:当年门德尔松初见柏辽兹[4],道不同,不相与谋,心情不好,写信跟人诉苦说自己不舒服,"居然两天没能工作"。

大概,无论有没有灵感,作曲家们每天都会"工作",然后做出点什么——即便才华横溢如门德尔松,也要每天工作:他用的

---

[1] 门德尔松(1809—1847),德国犹太裔作曲家,德国浪漫乐派代表人物之一。

[2] 莫扎特(1756—1791),奥地利作曲家,维也纳古典乐派代表人物之一。

[3] 舒伯特(1797—1828),奥地利作曲家。

[4] 柏辽兹(1803—1869),法国音乐家,浪漫主义音乐的代表人物之一。

词是"工作"而非"创作"。

伟大如巴赫[1]，也不是少年早慧——美国写专栏的作家写过恶毒的玩笑，说如果海顿[2]和巴赫只活到门德尔松（享年三十八岁）、莫扎特（享年三十五岁）那年纪就死，他们俩会湮没无闻。但巴赫总结自己浩如烟海的伟大作品时，也只说："我努力工作。"

说巴赫那些伟大的曲目，都是"工作"出来，而非天才随心所创，是有点煞风景的。因为世界总习惯想象，想象伟大的创作者们都过着纵情随意的生活，乐滋滋地充当酒神，把握住脑海里的美丽诗句、旋律或形象，然后写字、记谱或绘画，其他时间就用来游山玩水。

20世纪20年代，海明威在巴黎竭力写作。他像工匠一样，总结出许多定律，比如规律的生活和宽裕的经济有利于写作；比如在一天中写得最流畅时停笔，第二天才好继续。他不信奉天才，不相信灵感从天而降，他有法则，有套路，然后勤恳地工作。

比如，巴尔扎克有钱时花天酒地，但要写东西时，规律得犹如机器人：深夜一点起床，仪式般地穿上洁白的袍子开写，然后改……一天只睡四小时。

光听这些故事，感觉就像匠人在促生产。

---

[1] 巴赫（1685—1750），巴洛克时期德国作曲家、键盘演奏家。

[2] 海顿（1732—1809），奥地利古典主义时期作曲家，维也纳古典乐派奠基人。

我们说加西亚·马尔克斯的《百年孤独》写得好，了不起。

可是如果你从他早年的小说，比如《枯枝败叶》，比如《逝去时光的海洋》，比如《没有人给他写信的上校》，一篇篇看过去，就会发现小镇、狂欢、外来者、香蕉公司……好家伙，原来这些他都写过了。《百年孤独》写出来前，酝酿了三十年之久。马尔克斯积累了无数短篇和小故事，就像在自己脑海里种起大片森林；他那些五彩缤纷的短篇小说，就是他的漫长草稿。

任何好东西，都是草稿堆起来的。

反复地阅读、写作，再弱的人也能提高。

写东西的拖延症，很容易在开头处形成。开头越嚼越没味道，就翻来覆去地琢磨。我有个朋友传我一个经验："先假想自己会把这些都删掉的，先开了头再说。能写多烂写多烂，然后就能开始了。"

同理，如果不念叨"希望写成什么样"，而是"先写再说"，回过头来，有时反而字句会松软自如得多。

拖延症基本会终身伴随写作者和自由职业者：写约稿、论文或者作业前，拖延，到处翻资料，宁可瞎胡扯也不做正经活儿，抱着可以打发碎片时间的手机不放手，一次次去厨房煎个蛋、泡个茶、扫扫地之类。如果这时让你写无主题随笔，往往会写得很好，但等这类工作本身也成了负担，你的拖延症也就解决了——就开始做正经活儿了。

人总是如此:只要是拖着不干正经活时,干什么都很好。

人总会想象自己读一本书需要很久,于是望而却步。但真正计算过时间的诸位,多半明白:一个人读书时,真正用来读书的时间其实不多,许多时间都浪费在"从书架上拿下来,看两页,哎呀不想读了,放回去"这个过程上。一段时间一口气读某本书,很容易入此症状。所以,同时读不止一本书,不一定算坏习惯,好比吃菜也要荤素搭配。读大部头多了,自然想读清爽的书;轻阅读多了,自然想读点厚重的书。这和大晚上口淡,想吃韭黄炒蛋和宫保鸡丁,吃完了又格外想喝水一个道理。

对自由职业者而言,早起这事,开头最痛苦:克服疲倦、温差及其他各种生理不适,硬爬起来了,总情不自禁想找个借口接着睡;但过了这阵儿,就有种"好像白捡了半天"的感觉,好像逃课成功,清净爽朗。而且忙完之后,想睡个午觉之类,也心安理得:"这不早起了吗?补个觉也应该。"

各人写东西画图做活儿,自有其最适宜的时间段,无法强求;但如果没有特殊癖好,其实宜早不宜晚。光照会影响人的情绪和效率。比方说,周六在家里,下午一点到四点,你会愿意写点东西,到晚上九点之后,你会进入"天晚了要睡觉了"的阶段,开始拖延——哪怕你实际上要到凌晨三四点才入睡。实际上,对"熬夜党"而言,入夜到凌晨的时段是最没效率的。

海明威说过的,在最流畅时停笔,第二天继续。我想补充一句：第二天开始前，不要查资料，让自己休息一下。当你发现有想增补的信息文档时，第二天临到开工，你会很痛苦的。尽量放空自己，先开始工作，先继续做下去；之后的事，之后再说。

22 作为一个业余作者

马尔克斯说过一个段子：1971年，聂鲁达[1]在巴黎，听某个可靠的朋友透露，说他将获得诺贝尔文学奖。聂先生那年六十七岁了（离去世还有两年），人也比较持重。他只遍请巴黎的诸位朋友吃饭，朋友问他理由，他只笑而不答。直到消息出来，诸位朋友恍然大悟，纷纷道喜。其中一位问："那你颁奖词准备说什么？"聂先生一拍脑袋："高兴忘了！"扯过张菜单，翻个面，就用他招牌的绿墨水开始写起来。

这故事能讲得圆，前提是聂先生那些年确实在巴黎工作，在大使馆上班。实际上那些年他老人家是正经外交官。

有些人当官之余写诗，就能获诺贝尔奖？

---

[1] 聂鲁达（1904—1973），智利诗人，外交官，1971年获诺贝尔文学奖，代表作品有《二十首情诗和一首绝望的歌》等。

熟悉诗歌的诸位自然知道，业余诗人有很多，实际上，诗人这行当，大多是兼职：

凯鲁亚克[1]并不总是在路上奔驰，也会去铁路工作；

艾米莉·狄金森[2]除了写诗，也帮人养过猫；

罗伯特·弗罗斯特[3]一边写诗一边躬耕田园；

华莱士·史蒂文斯[4]一边写诗一边当保险推销员；

胡安·鲁尔福[5]也曾经一边在墨西哥到处开车推销保险，一边构思他影响整个拉美文学界的《佩德罗·巴拉莫》；

李璟、李煜[6]外加冯延巳[7]，以及之后的晏殊，都是一边做着帝王和宰相，一边顺手写出了名垂千古的词；

欧阳修、王安石都是做到了宰相级的职位，一边忙着指挥僚

---

[1] 凯鲁亚克（1922—1969），美国小说家、诗人，"垮掉派"代表作家，代表作品有《在路上》《达摩流浪者》《孤独的旅人》等。

[2] 艾米莉·狄金森（1830—1886），美国诗人。

[3] 罗伯特·弗罗斯特（1874—1963），美国诗人，曾四次获得普利策诗歌奖。

[4] 华莱士·史蒂文斯（1879—1955），美国重要的现代主义诗人之一。

[5] 胡安·鲁尔福（1917—1986），墨西哥著名小说家，拉丁美洲魔幻现实主义中期代表人物，代表作品有《燃烧的原野》《佩德罗·巴拉莫》。

[6] 李璟（916—961），五代十国时期南唐第二位皇帝。李煜（937—978），李璟第六子，南唐最后一位国君，世称南唐后主、李后主。

[7] 冯延巳（903—960），字正中，五代十国时南唐著名词人、宰相。

友，跟对手吵架，奏章一封封，还不能骂脏话，工作压力挺大，顺便写出的文章，也位列唐宋八大家；

李斯特[1]得绕世界巡回，比如著名的十个星期演四十场之类的传说，然后顺手写曲子；

马勒[2]在很长时间里，主业是指挥，顺便留下了卓越的音乐作品；

鲍罗丁[3]本行是医院院长，又是化学家，等把瓶瓶罐罐都处理完，才能写曲子去；

康奈尔大学教师纳博科夫教着两门课，讲义出版为《文学讲稿》，趁假期出去捉蝴蝶，下雨天闷在车里写小说，写出了《洛丽塔》。

以上这些位，大多是业余搞创作，本行另有职责，而且负担不算轻。业余搞创作，喧宾夺主成其大名。

读过毛姆《月亮和六便士》的人，理当对思特里克兰德——原型为高更——反复陈述的那句话有印象，他之所以要抛弃事业去画画，是因为人生太短了，来不及做别的。实际上，每个人都会嫌时间太少，比起自己想做的事情来，实在太少了。

---

[1] 李斯特（1811—1886），匈牙利著名作曲家、指挥家，浪漫主义前期代表人物之一。

[2] 马勒（1860—1911），奥地利作曲家、指挥家。

[3] 鲍罗丁（1833—1887），俄国作曲家。

海明威说，艾略特[1]的巨作《荒原》是在银行工作时写的，但没名没钱之前，艾略特就是不敢辞职，当时在巴黎的庞德，虽然诗稿卖不出去，穷得想去当翻译，但还是伙同诸友捐款，"把艾略特从银行拯救出来！"艾略特一直描述：那些东西，他无法不去写。

村上春树的前两部小说，是在经营酒吧的间隙写完的。非常辛苦，辛苦到他写完第二部小说后就决定不再开店了。但他还是撑下来了。他自陈写《且听风吟》时，甚至没有当小说家的念想，仅仅是必须写完这部小说，他甚至没有考虑过写完之后怎么处理（最后投给了群像新人奖），但至少是，写完之后，甚为舒畅。

写作就是他们的舒适领域，就是他们的自我疗护。

马尔克斯早年在哥伦比亚当记者，白天工作，晚上去大车店歇宿，乘隙写小说。到他而立之年被报纸解聘后，他先在巴黎，然后去墨西哥。在墨西哥时，他已经写完了五部小说——全是工作之余写的——只有一部《枯枝败叶》出版了，印了千余册。

我有一位朋友，在水利局工作，然后想当个漫画家——确实也在画。我一位当编剧的朋友，一边编剧本，一边认真地谈论萨

---

[1] 艾略特（1888—1965），英国诗人、文艺评论家，1948年获诺贝尔文学奖，代表作品有《荒原》等。

拉马戈[1]和格拉斯[2],想写出那样的小说。我认识一位编辑老师,一边做出版,一边自己翻译了里尔克[3]的法语诗。

大概古往今来的创作者,谋生方式无非那几样:

天生富贵,那就随便了;

找个赞助人,比如鲁本斯[4],比如凡·戴克[5]。

找份工作,业余创作;

靠写字本身谋生——沈从文先生曾跟少年时一度迷惘的汪曾祺先生说过:"你手里有支笔,怕什么?"

所以当个业余作者也正常,甚至是常态,相当多作者是有本职工作的。写作者中最常见的职业,我所接触的,是教师和图书编辑。他们有本职工作,然后日常该上班上班,尽量抽出整块的时间写东西。

当然也有做大生意的,比如我很佩服的几位作者,自己开了影视投资公司。有位开了图书公司的老师,年轻时写东西很认真,

---

[1] 萨拉马戈(1922—2010),葡萄牙作家,代表作品有《修道院纪事》《失明症漫记》《复明症漫记》等。

[2] 格拉斯(1927—2015),德国作家、画家,1999年获诺贝尔文学奖,代表作品有《铁皮鼓》《猫与鼠》《狗年月》《风信鸡的优点》等。

[3] 里尔克(1875—1926),奥地利作家、诗人。

[4] 鲁本斯(1577—1640),佛兰德斯画家,是巴洛克画派早期的代表人物。

[5] 凡·戴克(1599—1641),17世纪著名的佛兰德斯画家

现在忙事业了写得少。我问他一般什么时候写,他打开手机备忘录给我看,里面是写得字句工整、很严肃的小说。他说他每逢碎片时间就写写,然后自嘲地笑笑:

"反正也不会畅销,就自己写写——为什么不畅销?我自己做书的难道自己不知道?"

我自己没统计过,但有位编辑告诉我,绝大多数作者,一辈子只出过一到两本书。

第一本书畅销的概率不大,他们往往也因此抒尽了已有的情怀,也被出版过程消磨得失去了写作的热情,或者因为其他缘故不写了。第一本书就畅销的诸位,会写第二本,但往往不尽如人意。这其实就刷掉了许多人。

大多数作者,依然过着普通的雇员生活。能坚持全职写作的诸位,未必是多热爱写作,只是摸索出了一套与之配合的生活方式与理念。

许多刚写东西的人容易认真,不想靠写自己不乐意写的东西来挣钱,觉得是玷污了自己真心想写的东西。然而福克纳靠着他给好莱坞写剧本、写短篇挣钱养活自己,于是产出了那些卓越的长篇小说。他写作时,可以不用担心饿肚子,这些是他自己拼出来的。

写作者清贫的概率很大,但清贫不是成为优秀作家的充要条件。换言之,作家不必要清贫。

从历史上来看，最畅销的，永远是贴近市民大众的作品。往往一本不那么贴近大众的书要畅销，必须靠名家的揄扬、奖项的赞美，才能让大众去买一本——"虽然不一定读得懂，但据说是好的"。

据说艾米莉·勃朗特[1]的名作《呼啸山庄》是在20世纪60年代才被评论家们捧起来的，这本书在刚出版的那些年，并不如她姐姐夏洛蒂·勃朗特的《简·爱》畅销。

法国大诗人波德莱尔[2]则很早就放弃了赚大钱的幻想，一稿多投，一辈子靠稿费挣了一万五千法郎。而欧仁·苏[3]一本讲上流社会八卦的《巴黎的秘密》，预付款就有十万法郎。1845年，大仲马与《立宪派报》和《新闻报》签了份合同，每年提供十八卷以上作品，保底六万三千法郎。

王小波自己生前没有得到他应有的名誉。他在《万寿寺》的序——著名的《我的师承》里，曾为前辈译者们抱不平：

> 我觉得我们国家的文学次序是彻底颠倒了的：末流的作

---

[1] 艾米莉·勃朗特（1818—1848），英国小说家、诗人，英国文学史上著名的"勃朗特三姐妹"之一，代表作有长篇小说《呼啸山庄》，以及一批诗歌。

[2] 波德莱尔（1821—1867），法国诗人，代表作品有《恶之花》《巴黎的忧郁》等。

[3] 欧仁·苏（1804—1857），法国小说家。

品有一流的名声，一流的作品却默默无闻。最让人痛心的是，最好的作品并没有写出来。这些作品理应由查良铮先生、王道乾先生在壮年时写出来的，现在成了巴比伦的空中花园了……以他们二位年轻时的抱负，晚年的余晖，在中年时如有现在的环境，写不出好作品是不可能的。可惜良铮先生、道乾先生都不在了……

这时代对写作的人是挺友好的了：毕竟有数之不尽的媒体可以发表文字，总能找到喜欢自己这个路数的读者。当然，也不意味着作者不辛苦。

许多读者对写东西的人有许多美好想象，然而如上所述，大多数创作者也都是在干活。

不只是写东西，我认识的老练的自由职业者，每天的日常生活或多或少也都是这样的：尽量安排妥帖自己的生活，各自有自己维持身体和情绪健康的法子，希望可以持续输出。

而每天最苦恼的，就是第二天如何顺利、熟练地开工。

写东西久了，人会自然乐于独处。固然有些社交型作者喜欢呼朋引伴，但写东西时，也总能切换到独处模式。会习惯读、写、自我对话，给念头们牵线搭桥。也习惯抓住一切时间，读或看东西。不一定是书，也许是画册，也许是纪录片，也许是其他东西。

每个写手，自有个堆山填海的小秘藏，里面有待读或重读的书及其他资料，而且不止靠这个。有写东西习惯的人，平时也会下意识找东西读，而且从细节里抠活。

因为习惯了读写并以此为乐，就更乐意找整块的时间自己待着；因为书面文字相对口语简洁紧凑，会下意识觉得无效社交很费时间让人不耐烦；极端一点的，会找出各种身体不适的理由逃避社交。

写手往往不缺社交能力，毕竟读写得多，不会没话聊。无论是放开了逗还是凑着捧，都能应付，但社交欲望比较浅。

大概写惯东西的人——打个游戏的比方——自有一条长度很微妙的社交血槽。血槽低过危险值，会倾向抑郁，于是可以靠跟朋友（远程）交流、玩猫之类，恢复到正常状态，可以继续过日子。出去社交，也能语笑晏晏地应付，但那条社交血槽是在缓慢增长，越增长，社交欲望越肉眼可见地变低。如果你有写东西的朋友，刚到饭局里时逸兴遄飞，过了会儿不言不语，也许不是他忽然被得罪了，而是社交血槽满了，得想法子切换回独处模式了……

大概就是如此，写东西的人，过的日子不太神秘，许多甚至还很无趣。其经济条件，往往与自己是否受大众欢迎相关，而清贫与苦难，对写作本身，帮助不是很大。优裕稳定的经济条件是有利于写作以及一切艺术创作的。

自己的梦想本来就得靠自己含辛茹苦去面对。古往今来，除了极少数富裕之家可以供着富家子弟写东西，其他人还不是这样拼命维持着自己的理想，也无非是挣钱做自己喜欢做的事。如果确实喜欢做，想尽一切法子挣钱来维持自己的爱好就是了。

所以不妨先从业余作者做起，先保证自己有稳定的生活，然后写着。

如果真喜欢写东西的话，自然知道如何继续下去。

23 个人喜欢的短篇作品

都不是什么冷门作者,都是在中文世界里大有名望的人物了。按篇名搜,网上一定都找得到。这些大师们最有名的篇目,不再赘述;尽量挑了也许并非该作者最有名、但我自己比较喜欢的篇目。

比如海明威最有名的短篇应该是《乞力马扎罗的雪》或者《白象般的群山》,但我喜欢他的《雨中猫》《杀手》。

《雨中猫》精巧却又寒冷;《杀手》则是我私人认为海明威最好的短篇小说,写得极结实。

我第一次看昆汀·塔伦蒂诺导演的《低俗小说》开头,那两位去执行任务时那副唠唠叨叨的做派,就无法抑制地想到《杀手》里的那两位。

如果喜欢《杀手》,其实也可以读《拳击手》,中间煎蛋聊天那段,和《杀手》有异曲同工之妙。

习惯了海明威的风格后，可以读《小小说》。海明威以简洁著称，我觉得这是他最简洁的篇目。

这篇的结尾段我记得很清楚："到了春天，少校并没跟她结婚，后来始终都没跟她结婚。"

比如博尔赫斯最有名的大概是《小径分岔的花园》《沙之书》这类偏玄的，但我喜欢《第三者》《无礼的掌礼官上野介》和《决斗》。

《无礼的掌礼官上野介》是博尔赫斯《恶棍列传》里的。比起其他五彩斑斓的篇目，这篇——其实就是所谓四十七武士的故事——意象精到、克制凝练。

《决斗》和《第三者》（如果需要可以加上《玫瑰角的汉子》），是博尔赫斯写荒郊生活最有味道的三篇，但前两篇更扎实，转折于不经意间发生，很难想象那样平整的叙述，最后能爆发出那样惊人的效果。

巴里科《丝绸》。

因为提到了博尔赫斯写日本，就想把巴里科写日本的小说也放进去，和博尔赫斯那篇一对比，就显得很好玩。

马尔克斯《光恰似水》《逝去时光的海洋》。

《流光如水》大概是最凝练的，能够体现马尔克斯全部技艺的文字：速度，简洁，"不诧异的口吻"和现实扭曲变形制造的魔幻感；感官参与和大量意象堆积制造的诗意。另外，这篇总让我觉得,是在向海明威的《世界之都》致敬——虽然剧情毫无关系。

《逝去时光的海洋》基本可以当作"小镇被枯枝败叶搅乱"的母本。之后《百年孤独》和《一桩事先张扬的凶杀案》里都会有这个小说的影子。但这个小说的后半段有马尔克斯小说里罕见的童话般的美。不剧透了。

卡尔维诺《月亮的距离》。

其实整本《宇宙奇趣全集》和马科瓦尔多系列都好读。如果论想法,《一切于一点》和《打赌》更深邃有味,但我觉得《月亮的距离》动人的地方是:卡尔维诺着实爱塑造一个美丽、独立、让"我"无法掌握的女性,而这篇是这个女性形象最美丽的一次。

纳博科夫《一则童话》《菲雅尔塔的春天》《昆虫采集家》。

我觉得这三个故事,基本代表了纳博科夫的三面。

《一则童话》是纳博科夫恶趣味的、宅男的、白日梦的、爱讽刺的一面的极致体现。

《菲雅尔塔的春天》是纳博科夫俄罗斯侨民生活的、诗意的、哀伤的、精致和画面感的终极体现,而且真是美。

《昆虫采集家》就是纳博科夫自己:一个爱蝴蝶到死的老头儿。

胡安·鲁尔福《安纳克莱托·莫罗内斯》。

大家都知道马尔克斯推崇他的名作《佩德罗·巴拉莫》,都爱他魔幻的那一面;这篇恰恰就像喜剧小品似的。

村上春树《家庭事件》《避雨》《偶然的旅人》。

《家庭事件》和《避雨》本身不算很突出的小说，但是在村上春树的短篇小说里，算是读了不太会产生"钝痛"的那种小说。《偶然的旅人》是村上春树所有假托"叙述朋友经历的故事"里，最天然温和的一篇吧？

契诃夫《农民》。

这篇不巧合，不好笑，不尖锐，不试验，但是又特别契诃夫。沉郁，平静，质朴又哀伤。一整块纹路美丽、落在手里沉甸甸的鹅卵石的感觉。

巴别尔《盐》《莫泊桑》。

前者是被博尔赫斯赞许过的名篇，简洁得恰到好处，质朴得足以乱真。后者则是非典型的巴别尔小说：技巧华丽，抒情奔逸，斑斓之极。熟悉巴别尔的人会奇怪，"巴别尔还写这个？"

雷蒙德·卡佛《我父亲的一生》。

这篇不该当小说谈论的，也许该算是非虚构作品，着实太动人了。

托尔斯泰《三个隐士——伏尔加地区的古老传说》。

一句话：托尔斯泰，也会写魔幻的……

余华《朋友》。

我觉得是余华小说里比较不刺激感官和情绪的小说。就是一个陈述完整、扎实、形象、收束精美的故事。

沈从文《丈夫》。

沈从文小说里，许多都有"男子被现实的世俗刺痛"的情节，许多就直接悲剧或开放式结尾了。这个结尾，倒让人悲喜交加，百感交集。风土人情谈吐，越到结尾越是好看。

科塔萨尔《正午的海岛》。

科塔萨尔招牌的剧情：因为向慕什么，于是慢慢向另一个极端过渡，最后就回不去了。相比起来，他著名的《万火归一》，更有慢慢拧成一处、逐渐加速的美。

皮兰德娄[1]《战争》。

对话可以直接当剧本教科书来看的小说——当然，皮兰德娄本来就是写剧本的……

菲茨杰拉德《冬之春梦》。

他写过无数带有自传色彩但又改头换面的小说，这一篇的情感，大概是最深挚的了吧。

因为推荐的篇目大多不是什么让人愉快的小说，所以特意补上几个个人喜欢的治愈系作品，大多算轻喜剧一流，属于睡前翻翻，恰好来得及读完，睡得着，也能让人感受到愉悦感的小说。

金庸《鸳鸯刀》。

---

[1] 皮兰德娄（1867—1936），意大利剧作家、小说家、诗人。1934 年获得诺贝尔文学奖，代表作品有《六个寻找作家的剧中人》《已故的帕斯卡尔》等。

汪曾祺《八千岁》《茶干》。

冯骥才《苏七块》《张大力》。

欧·亨利《忘忧果与玻璃瓶》。

马拉默德《天使莱文》《魔桶》。

个人强烈推荐读完《魔桶》后,立刻搭配契诃夫《美妙的结局》食用。

果戈理《旧式地主》。

个人强烈推荐读完《旧式地主》后,立刻连汪曾祺《受戒》食用。

纳博科夫《初恋》。

鲁迅《社戏》。

三岛由纪夫《潮骚》(这个实在不短,但过于治愈,看快点,一个小时就差不多了)。

本文所推荐的一切篇目,读了都不会让人十分钟内掌握一门学问、半小时内通透一科知识,无法助您走上人生巅峰,与社会精英谈笑风生,获得邻里亲友羡慕的眼光。也不保证您读了能哈哈大笑减压放松。

但大概能觉得,读这些作品的时光不算虚掷吧……

参考书目

本书中引用的文字参考了以下书目，在此表示感谢。

玛格丽特·杜拉斯.情人[M].王道乾,译.上海:上海译文出版社,2014.

王小波.王小波全集:第二卷[M].昆明:云南人民出版社,2006.

豪尔赫·路易斯·博尔赫斯.小径分岔的花园[M].王永年,译.上海:上海译文出版社,2015.

纳博科夫.菲雅尔塔的春天[M].石枕川,于晓丹,等译.杭州:浙江文艺出版社,2003.

兰陵笑笑生.新刻绣像批评金瓶梅[M].齐烟,汝梅,校点.济南:齐鲁书社,1989.

曹雪芹.红楼梦[M].北京:人民文学出版社,1982.

荷马.荷马史诗·伊利亚特[M].陈中梅,译.上海:上海译文出版社,2016.

大仲马.基度山伯爵[M].蒋学模,译.北京:人民文学出版社,1978.

海明威.永别了,武器[M].林疑今,译.上海:上海译文出版社,2011.

施耐庵,罗贯中.水浒传[M].北京:人民文学出版社,2004.

吴敬梓.儒林外史[M].北京:人民文学出版社,2016.

海明威.老人与海[M].吴劳,译.上海:上海译文出版社,2010.

陈荫荣.兴唐传[M].北京:中国曲艺出版社,1984.

大仲马.三个火枪手[M].罗国林,王学文,译.南京:江苏凤凰文艺出版社,2019.

厄尼斯特·海明威.流动的盛宴[M].张佳玮,译.天津:天津人民出版社,2018.

王度庐.卧虎藏龙[M].太原:北岳文艺出版社,2015.

梁羽生.云海玉弓缘[M].广州:中山大学出版社,2019.

金庸.书剑恩仇录:新修版[M].广州:广州出版社,2013.

金庸.笑傲江湖:新修版[M].广州:广州出版社,2013.

金庸.侠客行:新修版[M].广州:广州出版社,2013.

古龙.陆小凤传奇3:决战前后[M].上海:文汇出版社,2018.

古龙. 笑红尘 [M]. 陈舜仪, 整理. 长春：时代文艺出版社，2012.

刘鹗. 老残游记 [M]. 北京：人民文学出版社，2020.

穆旦. 穆旦诗集 [M]. 北京：人民文学出版社，2020.

王小波. 万寿寺 [M]. 北京：北京十月文艺出版社，2017.

王小波. 黄金时代 [M]. 北京：北京十月文艺出版社，2017.

王小波. 红拂夜奔 [M]. 北京：北京十月文艺出版社，2017.

黄仁宇. 中国大历史 [M]. 北京：生活·读书·新知三联书店，2007.

苏童. 我的帝王生涯 [M]. 上海：上海文艺出版社，2020.

苏童. 河岸 [M]. 北京：人民文学出版社，2017.

余华. 在细雨中呼喊 [M]. 北京：作家出版社，2012.

曹雪芹. 红楼梦 [M]. 杨宪益，戴乃迭，译. 北京：外文出版社，2006.

伊萨克·巴别尔. 骑兵军 [M]. 戴骢，译. 桂林：漓江出版社，2019.

伊萨克·巴别尔. 敖德萨故事 [M]. 戴骢，王若行，刘文飞，译. 桂林：漓江出版社，2016.

金庸. 神雕侠侣：新修版 [M]. 广州：广州出版社，2013.

雨果. 悲惨世界 [M]. 李丹，方于，译. 北京：人民文学出版社，2015.

列夫·托尔斯泰.战争与和平[M].刘辽逸,译.北京:人民文学出版社,2015.

列夫·托尔斯泰.安娜·卡列宁娜[M].周扬,谢素台,译.北京:人民文学出版社,2015.

巴尔扎克.欧也妮·葛朗台 高老头[M].傅雷,译.北京:人民文学出版社,2019.

毛姆.毛姆短篇小说全集[M].姚锦清,刘勇军,译.南京:江苏凤凰文艺出版社,2021.

简·奥斯丁.傲慢与偏见[M].王科一,译.上海:上海译文出版社,2010.

鲁迅.鲁迅全集[M].北京:人民文学出版社,2005.

钱锺书.围城[M].北京:人民文学出版社,2017.

张爱玲.倾城之恋[M].北京:北京十月文艺出版社,2019.

金庸.鹿鼎记:新修版[M].广州:广州出版社,2013.

毛姆.月亮和六便士[M].傅惟慈,译.上海:上海译文出版社,2009.

海明威.海明威短篇小说全集[M].陈良廷,蔡慧,等译.上海:上海译文出版社,2019.